BIBLIOTHÈQUE MORALE

In-12 3ᵉ Série.

Tout exemplaire qui ne sera pas revêtu de ma griffe sera réputé contrefait et poursuivi conformément aux lois.

Ch. Barbou

L'ALLEMAGNE
SOUS LE RÈGNE DE RODOLPHE.

L'ALLEMAGNE

SOUS

LE RÈGNE DE RODOLPHE

PAR M. DUMESNIL.

LIMOGES

ANCIENNE MAISON BARBOU FRÈRES

Ch. BARBOU, IMPRIMEUR-LIBRAIRE,

Avenue du Crucifix.

—

I

ORIGINE DE LA MAISON DE HABSBOURG.

L'origine de la maison de Habsbourg a donné lieu à une foule de conjectures ; on dirait mieux , d'extravagances, que les historiens ont voulu faire passer pour des vérités. Albert de Strasbourg dit que Rodolphe tirait son origine des anciens fondateurs de Rome. Un autre écrivain va déjà plus loin et désigne même la famille, qu'il appelle *comtes du Mont-Aventin*. Plusieurs autres ont répété cette fable ; mais un historien sicilien, dans un traité sur l'invention des corps de saint Placide, abbé, et de ses compagnons, et adressé à Philippe III, roi d'Espagne, fait dériver cette famille d'*Anicius*, d'où est venu le nom d'*Autriche*. Arnold Vion prétend que Pierre Léon, comte du Mont-Aventin, un des premiers sénateurs de Rome, quitta cette ville avec son frère Rodolphe, et qu'ayant acheté des terres auprès du lac de Lucerne, dans l'Argovie, il y construisit un château, qu'il nomma *château d'Habichtsbourg* (château des autours), parce qu'il y trouva un autour; sentiment et parti suivis par beaucoup d'écrivains postérieurs, qui ont cru retrouver le nom de *Habsbourg* dans celui de *Habichtsbourg*. Je passe sous silence une foule d'autres essais généalogiques plus absurdes les uns que les autres.

Quoique ces prétentions nous paraissent ridicules aujourd'hui, l'histoire doit cependant en tenir compte comme servant à caractériser une époque où le merveilleux était à l'ordre du jour. Chaque grande famille se faisait alors gloire de tirer son origine d'une maison étrangère. Les auteurs contemporains de Rodolphe cherchant déjà à établir son affinité avec des patriarches de Rome, quelques-uns le faisaient descendre des anciens rois mérovingiens par un certain Sigebert; tout comme ils prétendaient que la maison de Lorraine était issue de Charlemagne par un fils du roi Lothaire, généalogie qui fut surtout en vogue durant le règne de Maximilien Ier. Plus tard on découvrit que les aïeux de Rodolphe descendaient d'un comte alsacien nommé Gunthram, qui vivait vers l'an 950, et les ducs de Lorraine, du comte alsacien Gérald, qui reçut, vers l'an 1048, le duché de Lorraine de l'empereur Henri III; mais cette origine ne parut pas assez ancienne, et les savants Eccard, Hergoot et Schoepflin prouvèrent, par des raisons vraisemblables, quoiqu'ils ne s'accordent ni dans les dates ni dans le dénombrement des membres de la famille, que Rodolphe était issu du duc alsacien Attich ou Attichon, qui vivait au VIIe siècle, et qui avait sa résidence à Ationa ou Hohenbourg et Aherni, ville située sur le versant oriental des Vosges, à cinq lieues de Strasbourg.

Comme les grandes familles n'ont commencé qu'au XIe siècle à prendre des noms qui pussent les distinguer, l'origine de la plupart des maisons régnantes en Europe restera toujours enveloppée de ténèbres.

Le nom des seigneurs de *Habsbourg* apparaît pour la première fois dans l'histoire, dans deux chartes de l'empereur Henri IV, l'an 1114. Tout comme les comtes, les dynastes et seigneurs prenaient les noms de leurs châteaux, de même celui-ci fut emprunté au château de Habsbourg, dont l'historien Laguille raconte ainsi l'origine d'après Guillimann (Habsburgiaca) :

» Les comtes d'Altembourg, dont les terres confinaient, d'un côté, à celles du duc de Souabe, et, de l'autre, au royaume de Bourgogne, se trouvaient

1..

entre deux feux : le duc Ernest, prince toujours inquiet et toujours turbulent, les fatiguaient, d'une part, par ses invasions; d'autre part, les Bourguignons se souvenaient que l'évêque Werner, de la maison d'Altembourg, avait porté la guerre jusque dans le centre de leurs États, et ils ne respiraient que la vengeance dès qu'ils pensaient à la victoire que ce prélat avait remportée sur eux près de Genève.

» Une si triste situation obligea Rathbot, comte d'Altembourg, à entreprendre, par le conseil de l'évêque de Strasbourg, son frère, de se faire construire une place forte capable de soutenir les efforts de ses dangereux voisins; car ces comtes n'avaient alors aucune place qui pût les mettre en sûreté : il ne restait dans Vindisch (ancienne colonie romaine) qu'un tas de ruines ; le château d'Altembourg était situé dans une plaine d'un accès fort aisé ; ses murailles étaient hautes et épaisses, mais elles tombaient de vétusté, et chaque jour il s'y faisait des brèches.

» Près de ce château était une haute montagne inaccessible de toutes parts, à l'exception du côté du septentrion ; tout le reste de son enceinte était bordé de rochers fort escarpés. Le comte de Rathbot et l'évêque Werner, son frère, choisirent le sommet de cette montagne pour y bâtir, avec l'argent de l'évêque de Strasbourg, le fameux château de Habsbourg. L'entrée en fut fortifiée par un double fossé et quelques ouvrages ; mais le comte, prévoyant qu'une forteresse sans troupes qui la défendent ne peut pas se flatter de résister longtemps, se servit utilement des libéralités de son frère Werner pour mettre dans ses intérêts la noblesse des pays voisins et se faire de nouveaux vassaux. Plusieurs gentilshommes du pays de Zurich, de la Souabe et de l'Argovie, où Bade est située, engagés par les gratifications ou par les promesses du comte, lui firent serment de fidélité et lui jurèrent qu'au premier signal ils accourraient à son service.

» Les choses étaient en cet état lorsque l'évêque Werner résolut de venir juger par lui-même de l'emploi de son argent. Il sortit de Strasbourg plein d'espérance de trouver un château qui, par sa beauté et sa force, ferait honneur à sa magnificence; mais il fut étrangement surpris lorsqu'il vit que dans le château de Hâbsbourg rien ne méritait son estime que sa situation avantageuse : toutes ses fortifications ne consistaient qu'en quelques terrasses et en un tas de grosses pierres mal arrangées, qui ne présentaient rien d'agréable à la vue et qui ne désespéraient pas un ennemi.

» Werner en témoigna son étonnement à son frère le comte de Rathbot, et parut se repentir des dépenses qu'il avait faites.

—» Attendez, lui répondit le comte, demain vous jugerez mieux de la force de cette place et du bon emploi de vos richesses.

» En effet, le comte ayant, pendant la nuit, convoqué ses vassaux et toute la noblesse qu'il avait engagée à son service, avec des ordres de prendre les armes et de se trouver au point du jour dans la plaine auprès du château, il fut obéi; et Werner, dès qu'il fut réveillé, voyant de ses fenêtres toutes ces troupes rassemblées et prêtes à combattre, craignit d'abord que ce ne fussent des ennemis qui venaient l'assiéger dans une place qui était sans munitions, sans vivres et presque sans défense. Le comte le tira bientôt de cette peine en lui déclarant que cette armée qui l'étonnait n'était composée que d'amis et des vassaux qu'il avait acquis au prix de l'argent dont il avait bien voulu le gratifier; et, sur-le-champ ayant fait ouvrir les portes du château, toute cette noblesse vint rendre ses hommages à l'évêque Werner, qui admira la sagesse de son frère et redoubla ses bienfaits pour achever un ouvrage qui devait tout à la fois et relever la gloire de sa maison et lui servir de rempart contre les entreprises de ceux qui voudraient envahir ses biens.

» Telle est, dit Guillimann, la plus certaine et la première origine du château de Habsbourg (1020), qui donna le nom à une des plus augustes maisons qui furent jamais. Les comtes d'Altembourg, ayant quitté ce nom pour prendre celui de comtes de Habsbourg, devinrent archiducs d'Autriche.

» On a des preuves trop sensibles que Werner,

évêque de Strasbourg, est le fondateur du château de Habsbourg : lui-même s'en est donné le titre dans son testament, daté de l'an 1027, sous l'empire de Conrad. Ce n'est pas Guillimann tout seul qui a publié ce testament après l'avoir transcrit sur l'original; Dominique Thsudi, abbé de Muri, où cette précieuse pièce est conservée, l'a mise lui-même au jour de l'an 1651. Guillimann ne cherche pas beaucoup de finesse dans l'étymologie de ce nom Habsbourg; il dit simplement qu'il est composé du mot allemand *habs*, qui signifie domaine, possession, bien, avoir, et de celui de *burg*, qui signifie château, et que ce fondateur a voulu exprimer par ce terme que ce château était destiné ou pour réfugier ou pour défendre, dans les temps de guerre, les biens de la maison. »

Rodolphe paraît avoir fait dès sa jeunesse l'apprentissage du métier de la guerre ; car, de retour d'Italie avec son frère, l'historien nous le représente s'entourant de soldats, se livrant avec ardeur aux exercices militaires, avide de gloire et courant après les dangers pour se distinguer. Il alla, à la tête d'une troupe choisie, investir, en 1242, le château du comte de Tuffenstein, donjon que sa forte assiette et sa vaillante garnison paraissaient rendre inexpugnable. Rodolphe n'eut pas la patience de s'amuser longtemps à en faire le siége : ce fait, qu'il regardait comme les prémices de sa gloire, devait montrer à ses amis et à ses ennemis ce qu'ils auraient à espérer ou à craindre de son impétuosité. Il eut recours à une ruse, feignit une attaque qui en fit sortir une partie de la garnison, se précipita avec fureur sur la porte d'entrée, qu'il força, tua de sa main Hugues de Tuffenstein, prit le château, l'abandonna au pillage et y fit mettre le feu. Ce premier succès rehaussa son courage; mais son ardeur l'emporta quelquefois sur sa prudence.

Peu de temps après, il attaqua aussi un de ses oncles, le seigneur Lauffenberg, qui avait profité d'abord de l'absence du père de Rodolphe, et ensuite de l'occasion de sa mort pour, en sa qualité de tuteur, s'emparer de quelques domaines du défunt, dépouiller ses neveux de leurs droits et possessions. Rodolphe lui en demanda la restitution; mais comme l'oncle n'en fit rien, le jeune comte fondit sur le territoire du seigneur de Lauffenberg, ravagea tout, brûla plusieurs villages, fit un butin considérable, et retourna chez lui, content d'avoir prouvé à son oncle injuste qu'il saurait aussi bien défendre ses droits qu'empêcher les injustices des autres. Mais le seigneur de Lauffenberg ne songea pas à restituer les biens enlevés à ses neveux; il envoya même ses deux fils aînés, Godefroy et Eberhard, faire une irruption dans le comté de Windish: ils tombèrent, en effet, à l'improviste sur Bruck, petite ville sur l'Aar, la pillèrent, tuèrent quelques personnes, y mirent le feu, ainsi

qu'à plusieurs villages des environs, et se retirè-
rent à l'approche de Rodolphe. Enfin, après plusieurs succès et revers de part et d'autre, le seigneur de Lauffenberg renonça à ses prétentions
injustes, et restitua à Rodolphe et aux siens ce
qu'il leur avait enlevé si injustement.

Cette persévérance du jeune Rodolphe à poursui-
vre l'injustice lui valut des éloges de la noblesse,
lui mérita la réputation d'un brave et noble seigneur, et ajouta à l'éclat de sa famille ; car, au
moment où Rodolphe parvint à l'empire, il possédait, outre le comté de Habsbourg, encore une
partie du canton de Zurich, des domaines en
Souabe, le bourgraviat de Rhinfelden, l'avocatie
de trois cantons de Schwitz, Uri et Unterwalden,
les comtés de Hybourg, de Bade en Suisse, de
Lentzbourg, et le landgraviat de la Haute-Alsace.
C'est le comte Rodolphe, son grand-père, qui le
premier a porté ce dernier titre, dont la plus ancienne date remonte à l'an 1210. Les empereurs
d'Allemagne l'ont toujours porté jusqu'à la paix de
Munster, qui obligea ces monarques à le céder à
Louis XIV et à ses successeurs.

II

MARIAGE DE RODOLPHE.

La réputation de bravoure et de haute probité
dont jouissait Rodolphe le rendit respectable aux
yeux des grands et du peuple, qui furent obligés
d'admirer la droiture de son cœur, la fermeté de
son caractère et la bonté de son âme. Quoiqu'il
passât sa jeunesse dans le tumulte des armes, au
milieu des attaques, au sein des réunions bruyan-
tes, il sut se préserver des amorces de la volupté et
conserver la pureté de ses mœurs. Au printemps
de l'année 1245, il épousa Gertrude, fille de Louis,

comte de Frobourg, et sœur de Rodolphe, prévot de Zoffiengen, de Hartmann, comte de Frobourg. Les fêtes se succédèrent sans interruption pendant plusieurs jours à cette occasion, selon l'usage de cette époque ; mais les pauvres et les églises ne furent pas oubliés dans les largesses des deux jeunes époux. Rodolphe passait pour un seigneur aussi pieux que brave et juste ; il trouva les sentiments qui l'animaient dans une occasion trop solennelle pour pouvoir être passée sous silence. Plusieurs historiens regardent même cet événement comme la cause de sa haute fortune.

Rodolphe était né au château de Limbourg, en Alsace, le 1er mai 1218. L'empereur Frédéric II fut son parrain et le fit venir, très-jeune encore, à sa cour, pour l'élever, en quelque sorte, sous ses yeux. Rodolphe était d'une taille imposante, robuste, adroit ; ses beaux yeux bleus brillaient comme des rubis et annonçaient la vivacité de son caractère, parfois impétueux, mais modéré par la réflexion. On admirait en lui des manières simples et aimables, un certain abandon qui lui attirait les cœurs, une gaîté charmante et une bonne attitude dans la bonne comme dans la mauvaise fortune. Ennemi du luxe, il portait presque toujours un habit bleu ou gris ; mais, dans les réceptions solennelles, il s'éloigna un peu de cette grande simplicité, et parut en vrai monarque aux yeux des peuples. Il ne dédaigna pas, même après son élévation au trône

impérial, de visiter ses anciens amis de Bâle et de
Zurich, de s'asseoir à leur table, et sut ensuite reprendre la gravité qui convenait à son rang.

Un des princes les plus puissants de cette époque, Prémislas Ottocar, roi de Bohême, remplissait
alors l'Europe du bruit de ses exploits. Ses Etats
s'étendaient depuis la mer Baltique jusqu'au golfe
Adriatique ; sa cour était brillante, la seule en Allemagne qui attirât les regards de la noblesse, puisque celles de Guillaume de Hollande et de Richard
d'Angleterre n'avaient été, en quelque sorte, que
des éclairs fugitifs ne laissant presque aucune trace
sur leur passage. Dès lors tous ceux qui s'en-
nuyaient d'une vie passée loin des périls et dans
une oisiveté qui leur paraissait honteuse, prirent
le parti d'aller faire leur cour à ce monarque. De ce
nombre fut aussi, au rapport de quelques historiens, le comte Rodolphe de Habsbourg. Ce seigneur, ne trouvant plus d'aliment à ses occupations
guerrières dans les domaines soumis à son administration, quitta la Suisse pour aller tenter la fortune en Bohême, où il pouvait compter sur une ré-
ception d'autant plus distinguée qu'il était précédé
d'une réputation de loyauté et de bravoure méritée
à juste titre.

Ottocar l'accueillit, en effet, avec bienveillance,
le combla d'honneurs, lui donna la charge de maî-
tre-d'hôtel de la cour, et fut dans le cas d'apprécier
son courage dans la guerre qu'il fit à Béla, roi de

Hongrie. Rodolphe contribua beaucoup par sa valeur au gain de la bataille que le roi de Bohême livra aux Hongrois en Moravie, et dans laquelle ces derniers, après un combat acharné, perdirent beaucoup de monde. La possession de la Styrie avait été la cause de cette guerre. Ottocar, que cette victoire rendit insolent, blessa, à ce qu'il paraît, Rodolphe, au point que celui-ci quitta la cour et revint dans ses possessions d'Alsace.

L'évêque de Strasbourg, Henri VIII, venait de mourir; le chapitre de la cathédrale se réunit pour lui nommer un successeur. Toutes les voix se portèrent sur Gauthier, baron de Géroldseck, chantre de la cathédrale et cousin du nouveau prélat. Gauthier, ayant été sacré par l'archevêque de Mayence, fit son entrée solennelle dans Strasbourg, étalant une pompe extraordinaire. On admirait dans ce brillant cortége toute la noblesse alsacienne, ainsi que l'abbé de Saint-Gall, en Suisse, qui y paraissait à la tête de mille chevaux, et celui de Nourbach avec cinq cents. La ville fut enchantée de cette réunion de tant de puissants seigneurs, et applaudit au choix que le chapitre avait fait; mais elle revint bientôt de son enthousiasme. Depuis longtemps il existait à Strasbourg un germe de discorde entre l'évêque et les habitants. Ces derniers, jaloux des priviléges que divers empereurs avaient accordés à ces prélats, élevaient souvent des prétentions qui devinrent funestes à la religion et au bien public.

Les évêques, de leur côté, emportés par l'esprit de ces siècles grossiers, déposèrent trop souvent la houlette pastorale pour ceindre l'épée et la cuirasse. La considération dont jouissait l'église de Strasbourg, les immenses richesses qui y étaient attachées, firent de ces évêques des princes temporels, qui furent obligés de prendre part à tous les événements du temps. L'esprit remuant des Strasbourgeois ne s'accorda pas avec les droits de ces prélats, et déjà, pendant l'épiscopat de Baldram, qui mourut en 906, il s'était élevé de graves contestations entre lui et la ville : une convention, appuyée par l'empereur Louis l'Enfant, présent en personne, contint le peuple et arrêta les troubles ; mais, après la mort de ce prince, arrivée en 912, les Strasbourgeois, profitant des troubles qui avaient éclaté entre la France et l'Allemagne, empiétèrent sur les droits de l'évêque Othbert, successeur de Baldram. Le prélat soutint avec fermeté les prérogatives de son siége ; alors le peuple se révolta. Othbert, ne se croyant plus en sûreté dans sa ville épiscopale, en sortit et la frappa d'interdit. Aussitôt de lâches assassins le suivirent jusque dans son château de Rothembourg, s'y introduisirent par trahison ; puis, se précipitant comme des furieux sur leur évêque, qui ne leur opposa que le calme d'une conscience tranquille, ils l'assassinèrent pendant qu'il priait pour eux.

En apprenant cet horrible attentat, le peuple fut

touché de repentir et se rendit en foule au château de Rothembourg pour en rapporter le corps de l'évêque et l'enterrer avec pompe à la cathédra'e. Ce forfait calma pour un instant l'esprit de sédition, mais le ferment de la jalousie subsista dans les esprits.

L'évêque Gauthier voulut augmenter quelques droits sur les péages et prélever quelques impôts sur les bourgeois mêmes. Les magistrats lui firent des observations qui ne furent pas écoutées ; l'évêque alla jusqu'à menacer la ville d'interdit si elle ne se soumettait. Ce n'est point que la somme exigée par le prélat fût forte; mais elle blessa des hommes déjà irrités, et produisit une violente sédition. Alors, sans attendre l'ordre du magistrat, le peuple s'attroupa, prit les armes, sortit de la ville et alla se ruer sur le château de Haldembourg, appartenant à l'évêque, et qu'il regarda comme un fort élevé contre la ville, le prit, le démolit, combla les fossés avec les débris et fit de grands dégâts sur les terres du prélat.

Gauthier n'était pas homme à souffrir une pareille insulte ; mais ne se sentant pas encore assez fort pour se venger, et n'osant rester dans la ville, où la populace mutinée ne respecterait plus son caractère, il en sortit, ordonnant à tout son clergé et aux seigneurs qui étaient ou ses vassaux ou ses amis de le suivre. Presque tous obéirent, à l'exception du doyen du chapitre, Berthold d'Ochsenstein, et de Henri de Géroldseck, chantre et cousin de l'évêque. Le doyen allégua son grand âge et ses infirmités ; le chantre ne chercha pas même à s'excuser de sa désobéissance.

Gauthier appela à son secours Henri, archevêque de Trèves et son cousin ; les abbés de Saint-Gall et de Nourbach ; les comtes Rodolphe de Habsbourg, de Hunemberg, de Lichtemberg, et une foule de gentilshommes du pays. Les Strasbourgeois, loin de s'alarmer de ce grand appareil, prévinrent leurs ennemis, et, emportés par le premier feu, pillèrent les maisons de ceux qui avaient suivi l'évêque, confisquèrent leurs biens et les accablèrent d'outrages. Alors Gauthier fit avancer ses troupes et alla camper, au commencement de juin, entre les deux villages de Holzheim et de Lingolsheim, s'appuyant à droite sur la rivière d'Ill, et, à gauche, sur le Brusch. Il investit Lingolsheim, où la ville avait mis une garnison qui fut forcée de se rendre, à condition qu'il lui serait libre de se retirer à Strasbourg.

De là l'évêque alla occuper le poste de Konigshoven, où était situé un château du temps des rois de la première race. Il était à la tête de sa petite armée, l'archevêque de Trèves commandant l'arrière-garde. Un bourgeois de Strasbourg, nommé Bitterpfeil, s'étant aperçu, du haut des remparts, que des bagages et des chariots chargés de vivres suivaient la route, escortés par quelques cavaliers seulement, fit une sortie, et, ayant tué l'escorte, prit ce convoi, le conduisit en ville, où il fut reçu aux grands applaudissements de ses concitoyens.

L'archevêque Henri, piqué de cet affront et voulant réparer la perte qu'il venait de faire, joignit ses troupes à celles des comtes de Lichtemberg et Hunenberg, et fit attaquer Strasbourg. Quelques soldats, ayant en effet escaladé les murailles, massacrèrent la garde de la porte de Sainte-Aurélie, brisèrent la porte à coups de haches, et se répandirent dans le faubourg. Les bourgeois accoururent pour le défendre ; il s'engagea un combat sanglant ; les femmes et les enfants prirent même part à l'action. La perte fut grande de part et d'autre ; mais les soldats de l'évêque, n'étant pas assez forts pour soutenir le choc de toute la population qui accourut, furent obligés de se retirer. On conclut ensuite une trêve de trois mois, jusqu'après la moisson. Les Strasbourgeois profitèrent de ces moments pour détacher Rodolphe des intérêts de l'évêque et le gagner à leur cause ; ils y réussirent, et voici à quelle occasion.

Le vieil Hartmann, comte de Kybourg et oncle de Rodolphe, avait cédé, en 1244, tous ses domaines et possessions à l'église de Strasbourg, et les avait ensuite reçus des mains de l'évêque à titre de fief ; mais, touché du mérite de Rodolphe, il fit dire à l'évêque Gauthier que ce n'était que par le chagrin et dans le premier mouvement de la colère qu'il en

avait agi ainsi avec ce neveu qui lui était cher ;
que la grâce qu'il lui demandait en le priant de renoncer à cette domination redoublerait le zèle de
l'oncle et du neveu pour son service, et qu'il avait
acquis la certitude que Rodolphe lui rendrait des
services signalés dans la guerre entreprise contre
la puissante ville de Strasbourg. Rodolphe joignit
ses prières à celles de son oncle, appuyant sa demande sur le dévouement que ses ancêtres avaient
toujours montré à l'église de Strasbourg, et rappe-
lant tous les services qu'ils lui avaient rendus dans
mille occasions ; mais Gauthier eut l'imprudence de
rejeter cette demande. Alors Rodolphe lui répondit
avec une noble fierté que, ne voulant céder ni aux
instances de son oncle ni au souvenir des services
rendus, ni aux offres de services plus grands encore, l'évêque devait s'attendre à ne plus voir en
lui qu'un ennemi déclaré au lieu d'un ami dévoué,
et que l'avenir allait prouver qu'il était homme à
tenir parole. « Sachez, ajouta-t-il, que tant que j'au-
rai une épée, ni vous ni d'autres ne jouirez jamais
des biens qui me sont acquis en qualité d'héritier
légitime. » Et il quitta sur-le-champ le service de
Gauthier, malgré les instances que firent les autres seigneurs pour le retenir auprès d'eux.

Les magistrats de Strasbourg étaient trop intéressés à attirer à leur cause un homme aussi puissant que Rodolphe pour laisser échapper une si
belle occasion de le détacher du parti de l'évêque.

Son influence pouvait être décisive dans un moment aussi critique, où chacun cherchait à renforcer le nombre de ses amis : l'épée du comte de
Habsbourg pesait trop dans la balance des destinées
de l'Alsace pour qu'une ville comme Strasbourg
négligeât de s'en servir. Les chefs de la ville lui
proposèrent d'entrer à son service, et de le nommer
gouverneur de leur cité. Rodolphe accepta cette
proposition et engagea plusieurs autres seigneurs
à suivre son exemple : de ce nombre furent Henri
de Neufchâtel, prévôt de Bâle ; Gérard, comte de
Fribourg, et Godefroi, comte de Habsbourg. Un
traité de confédération fut signé le samedi avant la
Saint-Matthieu de l'an 1261. Tous ces seigneurs
s'engagèrent à combattre l'évêque de Strasbourg et
à ne jamais faire de paix séparée avec lui, mais à
se soutenir mutuellement en cas d'attaque.

Le comte Rodolphe fit ensuite son entrée dans la
ville de Strasbourg au son de toutes les cloches,
quoique cette cité fût interdite, suivi et précédé
d'un grand nombre de cavaliers et de toute la bourgeoisie, faisant retentir partout sur son passage
des cris de joie. On le conduisit sur une des places
publiques, où il reçut le serment des magistrats et
du peuple, lui promettant obéissance ; lui, de son
côté, promit aussi à la ville de la défendre et de la
secourir avec fidélité.

La défection de Rodolphe produisit un grand effet

2

sur plusieurs villes de la province. Colmar, Bâle, Molsheim, Mutzig et plusieurs autres cités firent aussi des traités d'alliance avec Strasbourg, qu'elles promirent de secourir. Les Strasbourgeois, fiers d'avoir à la tête un homme du mérite de Rodolphe, firent partir un grand détachement de troupes pour ravager les domaines des seigneurs de Gé-roldseck, situés sur la rive droite du Rhin ; un autre corps sortit de la ville et alla saccager les ter-res appartenant, en Alsace, à l'évêque, y dévastant tout et mettant le feu à une foule d'habitations. Gauthier, de son côté, livrait au pillage les terres qui appartenaient à la ville, et les donna même aux seigneurs qui étaient attachés à son parti. Les sei-gneurs de Wickersheim se faisaient surtout remar-quer par leur dévouement à sa cause. Comme leur château était situé sur la Brusch, ils en sortirent souvent pour faire des excursions sur les terres des Strasbourgeois. Pour s'en venger, ceux-ci en-voyèrent un corps de troupes, commandé par Ro-dolphe, pour s'emparer de ce château et le démo-lir. Ces gens entrèrent sans difficulté dans le vil-lage ; mais ils s'y enivrèrent au lieu de se battre L'évêque, qui en eut connaissance, s'avança alors avec une partie de ses soldats ; mais comme, pour rejoindre les ennemis, il lui fallut traverser un ruisseau qui alors n'était point guéable, Rodolphe profita de ce moment, fit sonner la retraite, et par-vint, par une tactique habile, à rentrer en ville,

sans autre perte que celle de ceux d'entre les siens
que leur ivresse empêchait de le suivre

Mais, pendant que l'évêque de Strasbourg combattait dans les environs de sa ville épiscopale, les
troupes qu'il entretenait près de Schelestadt se portèrent sur le val de Villé, qui appartenait au comte
Rodolphe. Cette diversion obligea ce dernier à sortir de la ville pour voler au secours de ses sujets.
De là il se rendit dans les autres localités pour engager les citoyens à lui rester fidèles et à ne pas se
laisser gagner par les gens de l'évêque.

L'empereur Richard donna à l'évêque de Strasbourg l'administration des villes impériales de l'Alsace ; ce qui avait rendu ces prélats maîtres de
Colmar, de Kaysersberg, de Mulhouse, etc., où ils
avaient établi des baillis. Comme un certain nombre de bourgeois de Colmar ne souffraient qu'avec
peine la domination de Strasbourg, on pouvait s'attendre à quelque tentative en faveur de Rodolphe.
Les mécontents se réunissent donc, s'entretiennent
des événements du jour, grossissent les choses,
et, comme c'est l'ordinaire dans les assemblées po-
pulaires, émettent des opinions plus effrayantes les
unes que les autres, s'échauffent, menacent et font
du vacarme. Ils se promettent de garder le plus
grand secret sur leurs menées ; mais ce secret est
presque aussitôt divulgué. L'âme de ce complot
était un nommé Rosselmann, homme de basse ex-
traction et même étranger à la ville, mais qui était

parvenu, par ses intrigues et par son courage, à se faire élire prévôt de la cité. Comme il abusait de sa charge pour vexer le peuple, les partisans de l'évêque, ayant connaissance du complot, et fatigués du pouvoir de Rosselmann, le chassèrent honteusement de la ville, et le peuple, charmé d'en être débarrassé, le remplaça par un seigneur de Ratsamhausen, homme connu par sa sagesse et sa probité.

Mais Rosselmann n'était pas homme à souffrir un tel affront. Furieux d'avoir été dépouillé de sa charge et ne respirant que la vengeance, il va trouver le comte Rodolphe, qui était alors à Ensisheim, et lui exposa les mesures qu'il avait prises pour soustraire la ville de Colmar à l'autorité de l'évêque de Strasbourg. Il lui proposa de lui remettre la ville, et lui demanda son concours pour une entreprise qu'il regardait comme difficile.

Rodolphe, qui ne demandait pas mieux que de se rendre maître d'une des premières villes d'Alsace, écoute, pèse les raisons développées par Rosselmann, et consent enfin à tenter un coup de main.

Rosselmann fait part du succès de ses démarches à ses amis de Colmar; il convient avec eux du jour et de l'heure où devra s'exécuter l'entreprise. Rodolphe, de son côté, appelle son cousin, le comte Godefroi de Habsbourg, qui lui amène un renfort de troupes, avec lesquels tous deux s'approchent de Colmar.

Sur le soir du jour fixé, Rosselmann se fait enfermer dans un tonneau et conduire à Colmar, dans la cour d'un chanoine de la collégiale de Saint-Martin. Là il est reçu par ses amis, qui eurent soin de ne placer comme gardes, à la porte du pont de pierre, que des hommes sur lesquels ils pouvaient compter.

Au moment convenu, Rosselmann se rend à la dite porte, qui s'ouvre à son approche, puis il fait allumer au bout d'une pique une espèce de fanal. A la vue de ce signal, Rodolphe accourt avec ses troupes, qui pénètrent dans la ville, s'emparent des places et de tous les postes avantageux en criant : *Vive Hamsbourg !* Cette surprise jette l'alarme dans la cité, les bourgeois sont consternés, les partisans de l'évêque s'empressent de prendre la fuite ; le seigneur de Rathsamhausem imite leur exemple avec sept autres gentilshommes et dix des premiers citoyens de la ville, dont Rosselmann confisqua les biens à son profit. Ainsi Colmar fut réduit au pouvoir de Rodolphe de Habsbourg.

Cette expédition fit grand bruit en Alsace ; l'évêque de Strasbourg surtout fut vivement peiné d'apprendre que la première ville de la Haute-Alsace lui avait été enlevée; mais Rodolphe ne s'en tint pas là. Les habitants de Mulhouse s'abouchèrent aussi avec lui, et l'invitèrent secrètement à se présenter aux portes de leur ville, lui promettant de les ouvrir. Rodolphe prit des informations par ses

ımis, et ayant acquis la certitude des bonnes dispositions de la bourgeoisie en sa faveur, il s'appro-
cha pendant une nuit de la ville, y pénétra sans
bruit et s'en empara. Mais cette cité avait un château fort, dans lequel l'évêque avait mis une bonne
garnison, commandée par un officier distingué. Il
fallut en faire le siége, entreprise difficile ; mais
Rodolphe ne se rebuta point et livra, pendant près
de trois mois, tant d'attaques à ce château qu'enfin
il l'emporta. Il le fit aussitôt raser, n'en laissant
subsister que deux tours, qui faisaient partie de
l'enceinte de la ville. Après la prise de cette place ,
Rodolphe soumit à son autorité tout le pays envi-
ronnant, à l'exception de Rouffach. Cette ville, qui
était du domaine immédiat de l'évêque de Strasbourg, était alors très-forte et pouvait, par conséquent, braver les attaques du comte, qui ne jugea
pas à propos d'aller l'assiéger.

Le prélat, tout en conservant Rouffach, ne renonça
cependant point à l'espoir de reprendre Colmar.
Une troupe de ses soldats, portant la livrée de Rodolphe, se présenta un jour aux portes de cette ville,
demanda à y entrer. On fit quelque difficulté de les
admettre, parce qu'ils étaient suspects. Rosselmann
en fut instruit, et accourut aussitôt, à la tête d'une
compagnie de citoyens choisis. Un combat s'engagea : Rosselmann fut tué , mais sa mort exaspéra
ceux qui combattaient avec lui, les soldats de l'évê-

que furent repoussés avec perte, et la ville resta au pouvoir de Rodolphe.

Ces pertes n'abattirent cependant point les prétentions de l'évêque Gauthier ; la guerre continua entre lui et la ville de Strasbourg avec tant de fureur que tout le pays n'offrit que l'horrible spectacle du pillage et de l'incendie. On eût dit des brigands, tant se montraient acharnés les soldats des deux partis à détruire et à ravager tout ce qui appartenait à leur adversaire.

« Cependant les magistrats de Strasbourg, voulant éloigner de plus en plus le théâtre de la guerre des murs de leur ville, résolurent de s'emparer de la tour de Mundolsheim. Ils détachèrent, à ce dessein, le mercredi avant le second dimanche de carême, bon nombre de soldats et de travailleurs. L'évêque Gauthier, ayant eu avis de leur marche par le bruit des cloches qui sonnèrent de toutes parts, se mit à la tête de trois cents chevaux et de cinq mille hommes d'infanterie, dans l'espérance de finir la guerre par un combat. Les Strasbourgeois, qui démolissaient la tour dont ils s'étaient saisis sans résistance, informèrent les magistrats du besoin qu'ils avaient d'un prompt secours. Sur cet avis, presque tous les habitants, ayant pris les armes, sortirent de la ville pour aller à la rencontre de l'ennemi. Ceux qui étaient à Mundolsheim s'avancèrent jusqu'à la montagne de Haldenbourg, et de là jusqu'à Hausbergen, pour rejoindre le renfort

qui leur venait de la ville ; mais, ayant trouvé sur
la route un ravin très-profond, ils furent obligés de
faire un grand détour pour une fuite , et, malgré le
conseil de ses meilleurs officiers, il courut à l'ennemi, qui l'attendait de pied ferme.

» Les deux petites armées se rangèrent aussitôt
en bataille. Celle de Strasbourg était bien supérieure
en nombre, et l'envie de conserver leur liberté re
doubla le courage des bourgeois. L'action fut très-
vive : l'évêque combattit comme un héros, donnant
de grands coups de massue; il eut deux chevaux
tués sous lui. Etant ensuite monté sur un troisième,
et voyant que ses soldats prenaient la fuite, il fut
contraint de fuir lui-même et d'abandonner la victoire à l'ennemi. Il perdit, dans cette occasion, son
frère Hermann et soixante hommes de distinction.
Septante-six furent faits prisonniers et conduits
dans la ville, où on les mit aux fers.

» Cette défaite ralentit l'ardeur guerrière de
l'évêque, qui consentit, dès le lendemain, à ce qu'on
entrât en négociation avec les magistrats. Peu de
jours après Pâques, l'évêque leva l'interdit, déchar-
gea des censures ecclésiastiques ceux qui les avaient
encourues, et permit que, dans cette ville, on célé-
brât les saints mystères. Ce traité fut signé le vendredi d'après la mi-carême 1262.

» Cette trève donna le loisir de parvenir à une
paix. Le seigneur de Géroldsck, père de l'évêque
Gauthier, s'entremit pour la conclure. Il se rendit,

à cet effet, près de Saint-Arbogast, autrefois monastère de chanoines réguliers, tout près de la ville de Strasbourg. Les députés des parties intéressées s'y rendirent aussi, et il fut convenu, entre autres articles, que le comte Rodolphe de Habsbourg, landgrave d'Alsace, retiendrait son droit d'avocatie dans Rouffach et le Mundat; qu'on ne l'empêcherait pas de rebâtir le château d'Ortemberg; qu'il lui serait libre de donner des secours aux Strasbourgeois; que les prisonniers seraient rendus à l'évêque, mais qu'ils seraient tenus de payer la dépense qu'ils auraient faite; que l'évêque dédommagerait le comte par une somme de 700 marcs d'argent; que Colmar et Mulhouse seraient rendues à Gauthier, mais à condition qu'il n'imposerait pas de nouvelles charges à la première de ces villes, et que ceux qui avaient voulu la surprendre la dernière fois ne seraient pas compris dans le traité; qu'à l'égard de Mulhouse, l'évêque ne pourrait lui imposer aucune nouvelle charge sans le consentement du comte Rodolphe; que l'évêque laisserait la ville de Strasbourg jouir de ses coutumes, telles qu'elles étaient observées sous l'évêque Berthold, et qu'elles seraient attestées par douze bourgeois nommés par le magistrat; que l'évêque confirmerait les privilèges accordés à la ville par les rois et les empereurs; qu'il ferait révoquer les sentences portées contre les habitants de Strasbourg par l'archevêque de Mayence et le pape; qu'ils seraient rétablis dans tous leurs droits : qu'on leur restituerait les armes prises sur eux ; qu'on ne ferait de part et d'autre aucun acte d'hostilité, mais qu'il serait libre aux Strasbourgeois de secourir leurs alliés que l'évêque attaquerait, sans qu'il fût en droit de les punir ni temporellement ni spirituellement, et qu'enfin on ne bâtirait aucune forteresse à une lieue de Strasbourg.

» Telles furent les principales conditions de ce traité. Quoiqu'elles parussent dures à l'évêque, ce prélat les ratifia en y apposant son sceau, pour preuve que son père avait fait ce traité au nom de l'évêque son fils. Il fut signé à Saint-Arbogast, le dimanche avant la Sainte-Marguerite 1262. »

Gauthier ne survécut pas longtemps au chagrin que lui avaient causé cette guerre et tout ce qui s'ensuivit. Il tomba malade, languit pendant quelques mois et mourut le 12 février 1263. On choisit pour lui succéder son cousin, ce même Henri de Géroldseck, qui avait refusé de s'engager dans le parti du défunt. Il fit un traité par lequel on convenait des droits dont la ville et l'évêque devaient jouir respectivement pour prévenir de nouveaux conflits. Il tint ensuite un synode à Strasbourg, auquel assistèrent les abbés et abbesses des monastères, les doyens et prévôts des collégiales et tous les ecclésiastiques distingués du diocèse. Tous signèrent ce traité et consentirent à ne rien demander pour les dommages et les dégâts qu'ils avaient éprouvés pendant la dernière guerre.

Le nouvel évêque sut, par sa prudence et son humeur pacifique, gagner l'amour et l'affection de son clergé et de ses diocésains ; il trouva aussi moyen d'engager le comte de Habsbourg à ses intérêts. Rodolphe, sensible aux marques d'attention de ce prélat, lui rendit tous les biens et domaines qui appartenait à l'évêché de Strasbourg, et refusa de recevoir les 700 marcs d'argent qui lui avaient été promis par le susdit traité ; mais l'évêque ne voulut point se laisser vaincre par une telle générosité, et remit au vieux comte de Kybourg l'acte de donation de ses biens qu'il avait faite à son église, et dont il a été parlé plus haut. Le comte de Hartmann en fit alors une cession entière à son neveu Rodolphe, qui devint ainsi plus puissant que ne l'avaient été ses ancêtres.

La ville de Strasbourg, voulant aussi témoigner à Rodolphe sa reconnaissance des services qu'elle en avait obtenus, lui permit d'abord de lever des troupes dans ses murs ; mais elle lui fit dresser plus tard une statue équestre, avec une inscription qui devait éterniser la mémoire des victoires qu'il avait remportées. Cette inscription était ainsi conçue :

Rudolpho Victorioso Comiti in Habspurg.
S. P. Q. Argentin. Præfecto strenuo
Statuam hanc. P. P.
1266.

Le sénat et le peuple de Strasbourg ont fait ériger cette
statue au comte Rodolphe de Habsbourg le
Victorieux, au préfet vaillant.

Ce fut la première fois que cette importante cité
donna une telle marque d'estime à un citoyen, surtout à un gentilhomme, elle qui fut si jalouse de ses
droits et de ses libertés ; mais Rodolphe méritait
cette faveur par ses belles actions et sa noble conduite envers une ville qui sut apprécier ses grandes
qualités. Peut-être la politique entra-t-elle aussi
pour quelque chose dans cet empressement ; car on
aima mieux s'attacher un homme comme Rodolphe
que de s'en faire un ennemi ; peut-être quelques
personnes avaient-elles soulevé le voile de l'avenir
pour engager la ville à se montrer si généreuse pour
le futur chef de l'empire.

III

RODOLPHE EST ÈLU EMPEREUR D'ALLEMAGNE.

Nous passons sous silence plusieurs autres affaires auxquelles Rodolphe prit part en Suisse, et qui contribuèrent toutes à augmenter sa gloire et ses domaines. Ce fut à l'issue d'une de ces guerres qu'il fit construire, à Zurich, un monastère en l'honneur de saint Augustin, ce célèbre docteur de l'Eglise, pour lequel il professait une grande dévotion. Les fondements de cette maison furent jetés, l'an 1265, en présence du comte ; tout le bois nécessaire à la construction fut fourni par le comte de Toggen-

Rodolphe.   3

bourg. Plusieurs historiens rapportent que Rodolphe trouvait un charme indicible à s'entretenir avec
des personnes consacrées à Dieu, et que souvent il
se dérobait au tumulte des armes pour jouir de ce
bonheur. Un jour il se détourna de sa route pour
aller visiter une de ses parentes qui depuis longues
années menait une vie angélique dans un couvent
situé entre Zurich et Baden. Dès que la vieille reli-
gieuse l'eût aperçu, elle fit éclater sa joie et lui dit
entre autres : « J'ai prié pour vous hier, et le Seigneur m'a fait connaître qu'il allait vous donner ,
ainsi qu'à votre postérité, un grand empire à gou-
verner. Continuez à marcher comme vous avez fait
jusqu'ici, et vous vérifierez mes paroles. »

Rodolphe crut que l'âge avait affaibli les facultés
mentales de sa vénérable parente, et ne tint aucun
compte de ces paroles, persuadé que les électeurs
feraient choix d'un prince plus riche et plus puissant que lui. L'empereur Richard était en effet mort,
mais personne ne se pressait pour lui donner un
successeur. Le comte de Habsbourg était heureux
de voir enfin la paix rétablie dans ses domaines, et
s'abandonnait aux doux loisirs qu'elle lui procurait,
lorsqu'elle fut troublée tout-à-coup. Il avait choisi
la ville de Bâle pour donner une fête à toute sa famille, à ses amis et à la noblesse d'Alsace , de la
Bourgogne, de la Suisse et du Brisgau, probable-
ment à l'occasion de la naissance d'un de ses fils.
La réunion fut nombreuse et brillante ; chacun cher-

cha à se distinguer par son adresse à manier les
armes, par la magnificence de ses équipages, la
richesse de ses livrées. Pendant plus de quinze
jours on ne vit que fêtes et tournois. La ville de
Bâle, qui n'avait jamais rien vu de semblable, fut
toute émerveillée à l'aspect de ses armoiries qu'é-
talaient avec un luxe prodigieux les comtes et seigneurs des provinces voisines. La bouillante ardeur
des Bourguignons contrasta d'une manière frap-
pante avec le flegme des Allemands; chaque nation
voulut éclipser l'autre par l'éclat de ses armoiries,
et, pour la première fois dans ce siècle, on vit une
assemblée si variée se disputant l'honneur du courage et du luxe.

Cependant, au milieu de ces fêtes, un cri de
guerre vint retentir tout-à-coup et troubler la joie
publique. Quelques jeunes chevaliers s'étant permis des choses outrageantes pour les femmes bâloi-
ses, le peuple se révolta contre eux, courut aux
armes, soutenu par les chefs de la ville, plus disposés encore à tirer vengeances des outrages qu'ils
prétendaient avoir reçus. L'on se jeta donc avec
fureur sur ces gentilshommes, dont plusieurs furent
massacrés dans leurs logements, d'autres égorgés
sur les places publiques : ceux qui avaient des hôtes
moins barbares échappèrent au carnage en se faisant descendre par les murailles de la ville.

Rodolphe, qui aurait volontiers consenti à la
punition des coupables, se sentit vivement blessé

d'une conduite si atroce; il sortit de la ville, fit sa paix avec l'abbé de Saint-Gall, l'engagea à joindre ses troupes aux siennes, et, ayant vu grossir ses forces par le concours d'une foule de seigneurs de l'Alsace et du Brisgau, il marcha droit sur Bâle, qu'il fit attaquer sur-le-champ. Deux des faubourgs furent pillés et incendiés, plusieurs des habitants qu'on put saisir furent pendus, et il n'arrêta les effets de sa vengeance qu'après avoir reçu du magistrat l'assurance qu'on donnerait satisfaction pleine et entière à ceux qui avaient été traités si indignement, et avoir reçu des otages comme gage de la parole engagée.

C'est à peu près à cette époque que le jeune Conradin, petit-fils de l'empereur Frédéric II, voulant recouvrer le royaume de Sicile, dont le pape Urbain IV avait investi Charles d'Anjou, frère de saint Louis, fut pris, avec son cousin, Frédéric de Bâle, après la bataille qu'il perdit, et décapité, à Naples, le 26 octobre 1268. Conradin n'avait que dix-huit ans. Frédéric II, dit le Belliqueux, archiduc d'Autriche, avait péri dans une bataille qu'il livra à Béla, roi de Hongrie; on ne sait s'il succomba sous les traits des ennemis, ou de la main de ses sujets, qui ne l'aimaient pas. Avec lui s'éteignit la race des Babenberg, qui avaient régné pendant deux cent soixante-deux ans sur l'Autriche.

Plusieurs prétendants se mirent sur les rangs pour s'emparer du duché d'Autriche. Aux termes de la loi du pays, l'empereur réunit cette province à ses Etats comme fief de l'empire, parce qu'il n'y avait pas d'héritier mâle ; mais, par une faveur particulière faite par l'empereur Frédéric à Henri Jasomirgott, premier duc d'Autriche, ce duché pouvait, à défaut d'enfants mâle, être transmis à la fille aînée du duc défunt, et même être concédé par testament à tout autre. Mais ce privilége ne put pas être invoqué ici; car Frédéric le Belliqueux ne laissa point d'enfants. L'empereur envoya donc le comte d'Eberstein en Autriche pour administrer la province et déclara Vienne ville libre.

Le roi de Bohême prétendit que l'Autriche devait lui revenir, parce que son fils aîné, Wladislaw, avait épousé Gertrude, nièce du duc défunt. Béla, roi de Hongrie, entra à main armée en Styrie pour s'en emparer ; Ubrich, duc de Carinthie, réclama la possession de cette province comme ayant autrefois appartenu à la Styrie. Après de longues discussions, Ottocar de Bohême prit possession de l'Autriche et de la Styrie ; mais il s'érigea aussitôt en tyran, et rendit son autorité odieuse au pays. Béla parvint, par l'entremise du pape, à s'emparer de la Styrie, qu'il perdit ensuite, ayant été vaincu dans une bataille, par Ottocar. Après bien des combats et des crimes dont l'histoire détourne avec horreur ses regards, ce dernier resta paisible possesseur des provinces contestées, et fit peser son joug de fer sur elles.

Rodolphe de Habsbourg, de son côté, prétendit aussi, en vertu du droit du plus fort, avoir droit de succéder dans la possession du duché d'Autriche et des possessions laissées par Conradin; car, dit un auteur contemporain, tel était l'usage de ces temps, que chaque seigneur confisquait à son profit ce qui lui paraissait convenir; le moindre prétexte était un titre suffisant pour s'en rendre maître; la justice était moins écoutée que la passion d'agrandir ses États, et tout cédait à celui qui avait la force à la main.

L'évêque de Bâle prétendait, de son côté, qu'on ne pouvait lui contester la possession de la ville de Brisach, sous prétexte qu'elle lui avait été donnée par l'empereur Frédéric II, et il s'en était emparé, du consentement de tous les habitants. Le comte Rodolphe, de son côté, assura qu'il avait des droits sur cette place; mais, comme les forces dont il pouvait disposer en ce moment ne lui permettaient pas d'en faire le siége, il eut recours à une ruse, passa le Rhin à la nage avec un corps de cavalerie, entra dans la ville et s'en rendit maître.

Henri de Neufchâtel, évêque de Bâle, se plaignit à tous ses voisins de ce que le comte lui avait enlevé une place qu'il disait lui appartenir à titre d'héritage; Rodolphe consentit à la lui rendre si le prélat voulait lui payer 1,000 marcs d'argent. Le marché fut conclu à 900, et, à ce prix, l'évêque rentra dans Brisach, qu'il garda jusqu'à l'élévation de Rodolphe au trône impérial.

Cette perte choqua Rodolphe, qui était irrité contre l'évêque, et lui reprochait d'avoir trop soutenu les Bâlois, quoiqu'il fût son parent. Chaque année, et sous le moindre prétexte, il cherchait de nouvelles querelles à ce prélat, qui ne put l'apaiser qu'en lui donnant de l'argent ; mais Henri s'en lassa enfin, et, pour se débarrasser de ses importunités , sans cesse renaissantes, il s'entendit avec les Bâlois, et alla, à la tête d'un corps de troupes, s'emparer de Blodelsheim appartenant à Rodolphe, qui avait fait entourer cet endroit de murailles et d'un large fossé, pour tenir l'évêque en respect. Le prélat poussa plus loin ses conquêtes, s'empara de la tour d'Othmarsheim, qu'il fit démolir, et ravagea ensuite les environs ; puis il passa le Rhin, se rendit devant Rhinfelden, où, soutenu par les bourgeois de cette petite ville, il prit le château de Stein, qui l'incommodait beaucoup.

Rodolphe ne resta pas oisif, et, ne pouvant se mesurer avec les forces de son adversaire, il fit des dégâts sur les terres de l'évêque ; mais, ayant reçu tout-à-coup du renfort, il se mit en marche pour lui présenter la bataille. Quelques amis s'entremirent alors, et l'on convint d'une trève de trois ans. L'évêque fut encore condamné à payer une forte somme pour dédommager le comte des pertes qu'il avait fait subir en s'emparant de Blodelsheim et d'Othmarsheim ; mais on lui garantit la possession de Brisach.

Cette trêve ne contenta ni l'un ni l'autre ; elle servit, au contraire, à ne pas leur donner le temps de mieux se préparer à la guerre. Henri, issu de la puissante maison de Neufchâtel, chercha de plus en plus les possessions de son église. Il acheta de ses parents la seigneurie de Porentrui, moyennant 261 marcs d'argent, acquit de même pour 850 marcs les châteaux de Ferrette, de Mœsberg, d'Altkirch et de Hohenack, à condition de les donner en fief aux comtes de Ferrette, qui devinrent aussi feudataires de l'église de Bâle. L'amitié de ces puissants dynastes accrut beaucoup les forces des évêques de cette ville. Le comte de Teggenbourg et plusieurs autres seigneurs embrassèrent de même le parti de Henri ; ce qui le rendit redoutable à son ennemi, qui avait aussi fortifié le sien par de nouvelles alliances. La guerre ne tarda donc pas à recommencer, et le pays ne présenta bientôt que l'aspect de la plus affreuse désolation.

Cependant Rodolphe, fatigué de ces tristes attaques partielles, de ces pillages, de ces dégâts, qui épuisaient le pays sans le soumettre, forma un plan plus digne de lui, et qui devait abattre d'un coup la puissance de son adversaire. Il songea à s'emparer de la ville de Bâle elle-même. Dans cette intention, il fit construire, par des charpentiers, des carcasses de vaisseaux, qu'il chargea sur des voitures, et qu'on conduisit à l'endroit où il tenta de passer le Rhin. Ce projet fut exécuté avec une telle précipitation qu'il parut tout-à-coup sur la rive droite du Rhin, au moment où l'évêque le croyait encore occupé loin de là. Sous prétexte de venger l'incendie du monastère de Seckingen, il entra dans un faubourg de Bâle, nommé faubourg de Sainte-Croix, le pilla et le réduisit en cendres.

Dès que la saison lui permit d'entrer en campagne (l'an 1273), il voulut reconnaître la place, ne s'étant fait accompagner que de peu de monde. Lorsque le gouverneur de la ville en eut connaissance, il rassembla un corps de cavalerie, et, donnant ordre à l'infanterie de le suivre, sortit de Bâle, dans l'espérance de se saisir du comte, mais Rodolphe s'enfuit en toute hâte vers le gros de ses troupes, qu'il avait eu soin de cacher, et dès qu'il les eut rejointes, il fit volte-face et tailla en pièces les Bâlois, dont il prit un bon nombre, l'infanterie qui suivait n'osait presque s'engager, voyant que le coup était manqué ; le gouverneur lui-même fut pris ; d'autres disent qu'il périt dans le combat.

Rodolphe profita de cet avantage et de la terreur que sa valeur avait inspirée aux Bâlois, pour bloquer la ville en toute forme. Il fit faire une ligne de circonvallation et serra la cité de si près que personne ne pouvait plus y entrer ni en sortir. Comme on ne s'était pas attendu à un siége, la disette se fit bientôt sentir en ville ; et il arriva ce qui a eu sou-

3.

vent lieu dans de semblables circonstances : le peuple, qui auparavant avait montré une si grande ardeur à combattre Rodolphe, se mit à murmurer. On demanda donc une trêve au comte, et on nomma de part et d'autre des arbitres pour travailler à une paix solide. Cette trêve fut signée au commencement d'octobre.

Cependant il se passa en Allemagne un événement bien plus important. Tout y était dans une horrible confusion, chacun voulant y être maître. Le pape Grégoire X, voulant mettre un terme à cet état d'anarchie, écrivit une lettre pressante aux électeurs, les menaçant même des foudres de l'Eglise s'ils n'élisaient pas bientôt un chef de l'empire à la place de Richard de Cornouailles, mort déjà en 1271. Les électeurs se rendirent à ses instances, s'assemblèrent à Francfort, au mois de septembre 1273, et, d'un commun accord, ils nommèrent, le 1er octobre, le comte Rodolphe de Habsbourg empereur d'Allemagne. Louis, comte palatin du Rhin et duc d'une partie de la Bavière, fut chargé d'annoncer solennellement cette élection. Une chose singulière, c'est que ce seigneur avait voté deux fois en sa qualité de palatin du Rhin et de duc de Bavière, tandis que les députés du roi de Bohême, Ottocar, ne furent pas admis au collège des électeurs.

Rodolphe attendait auprès de Bâle la conclusion de la paix qu'il devait faire avec cette ville, lorsqu'il apprit ce qui venait de se passer à Francfort; il fut

aussi surpris de cette nouvelle que l'évêque Henri :
on prétend que ce dernier s'écria dans un moment
de surprise : « Tenez ferme, ô mon Dieu, sur votre
trône, ou bien ce Rodolphe vous en chassera ! »

Rodolphe fit aussitôt la paix avec les Bâlois, dont
il savait estimer la valeur, et qui furent ainsi les
premiers à le féliciter sur son élévation à l'empire.
Il partit aussitôt de Bâle, se rendit à Francfort et
de là à Aix-la-Chapelle pour se faire couronner.

Cependant Ottocar, roi de Bohême, le plus puissant des princes de l'empire, entra dans une violente colère lorsqu'il apprit que Rodolphe l'avait
emporté sur lui, qui s'était attendu à ce que les
électeurs vinssent déposer à ses pieds la couronne
impériale. Son épouse Cunégonde se moqua de lui.
Sa fureur ne connut plus de bornes ; car il prévit
que Rodolphe réclamerait les anciennes possessions des Babenberg, ainsi que la Carinthie : il
chercha donc à gagner la noblesse de ces pays et
répandit des flots d'argent ; mais il n'y gagna rien,
si ce n'est la honte d'avoir fait des dépenses inuti-
les. Lorsque le 31 octobre, au moment du couronnement, le sceptre manqua, on ne sut pour quelle
fin, il s'éleva une discussion ; quelques princes
furent d'avis de remettre la cérémonie à un autre
jour : saisissant alors un crucifix placé sur son
autel, Rodolphe s'écria :

« Voici le signe de la rédemption de celui qui a
donné la paix au monde et à nous tous. Que ce cru

là mon sceptre contre tous mes ennemis et les ennemis de l'empire. »

Cette présence d'esprit lui gagna tous les cœurs. Comme on profitait de l'occasion du couronnement pour donner en fief les terres de l'empire aux princes qui les possédaient, l'absence du sceptre, servant à conférer l'investiture, aurait pu avoir des suites sans l'heureuse inspiration de Rodolphe.

IV

Rodolphe était un homme nécessaire à cette époque de trouble et de confusion. Il avait cinquante-cinq ans lorsqu'il monta sur le trône. Au lieu de suivre l'exemple des seigneurs ambitieux et insatiables, il sut respecter la propriété et l'honneur des autres, et se constitua le protecteur de la justice et le défenseur des faibles contre les forts.

L'Allemagne ressemblait alors à un repaire de brigands. Sa valeur et la rapidité avec laquelle il exécutait ses opérations déconcertèrent les plans des chevaliers félons; la sévérité aves laquelle il les punit contribua beaucoup à ramener la paix et la sûreté dans les provinces. Il fit démolir une multitude de châteaux-forts, servant de retraite aux spoliateurs du peuple. En peu d'années, il rétablit l'ordre au point que le négociant et le pèlerin pouvaient voyager seuls et sans craindre d'être attaqués, et cheminer tranquillement au pied de ces redoutables donjons desquels sortaient autrefois de vils satellites de maîtres plus barbares encore pour les dévaliser. Le trône, qui avait perdu une partie de sa considération depuis Frédéric II, redevint respectable aux yeux des peuples, et Rodolphe se vit bientôt entouré de l'estime et de la confiance de tous ceux qui aimaient sincèrement leur patrie. Alors, comme toujours, il y eut des hommes qui furent mécontents de la sévérité, de l'inflexible équité de Rodolphe; tous ceux qui étaient habitués à suivre l'impulsion de leur mauvais génie murmurèrent contre l'empereur, ce qui fit dire à l'évêque Brunon d'Olmutz dans sa lettre au pape Grégoire: « qu'il y avait des hommes qui abhorraient déjà le pouvoir de l'empereur; qu'ils voudraient un prince bon et sage, mais pas un monarque fort, quoique cependant le savoir et le vouloir ne soient rien sans pouvoir. »

Ce fut cette fermeté d'âme, ce caractère noble, cette haute opinion d'impartialité, qui valurent à Rodolphe la couronne qu'il n'avait nullement re-

cherchée. L'archevêque de Cologne dit dans l'acte
de notification au même pape Grégoire X : « Ce
même monarque est orthodoxe ; il aime les églises,
il respecte la justice, il est prudent dans le conseil
et pieux ; puissant par ses propres forces et allié à
beaucoup de seigneurs puissants ; ami de Dieu,
comme nous le croyons fortement ; d'une figure
agréable, robuste, et heureux dans la guerre contre
les gens manquant de fidélité ; » chose qu'il n'aurait pas eu le courage d'écrire au pape si elles
n'eussent été vraies.

Malgré ces qualités, Rodolphe eût eu peu de
chances d'être élu si l'archevêque de Mayence
Werner d'Eppeinstein, ne se fût particulièrement
intéressé à son élection. Ce prélat, ainsi qu'il a été
rapporté plus haut, avait pris auprès de lui ce
même prêtre auquel Rodolphe abandonna son
cheval en Suisse, et qui dépeignit le comte
comme un homme supérieur à l'époque. Werner
devant se rendre à Rome pour recevoir le *pallium*
des mains du pape, et ne voulant traverser tant de
pays sans être escorté par un seigneur puissant qui
pût le protéger en cas d'attaque par les brigands
infestant les routes, avait déjà fait appeler, pour
accompagner son cousin Reihnard de Hanau ; mais
il ne se crut pas encore assez sûr, et pria Rodolphe
de l'escorter depuis Strasbourg jusqu'aux Alpes, ce
que celui-ci fit avec un grand empressement. Werner profita des moments d'intimité qui s'établit

bientôt entre eux pour sonder les dispositions du comte. Il trouva que non-seulement tout ce que son chapelain lui avait raconté était vrai, mais q e Rodolphe valait encore bien pl·s qu'on ne savait. Le comte de Habsbourg attendit l'archevêque, à son retour de Rome, au pied des Alpes, et le ramena sain et sauf dans son diocèse. Werner, enchanté de ce qu'il avait vu et entendu, lui dit, en prenant congé de lui, qu'il ne demandait au ciel qu'une chose : c'était de conserver la vie jusqu'à ce qu'il fut assez heureux de lui témoigner toute sa reconnaissance de l'insigne service qu'il venait de recevoir de son noble et généreux protecteur.

Lors donc que les électeurs se furent réunis à Francfort, Werner prit la parole, et, après avoir rendu un éclatant témoignage à la recommandation que le bourgrave Frédéric de Nuremberg avait faite de la personne de Rodolphe, il ajouta :

« Tout le monde se plaît à connaître les nobles qualités d'un Meinrad, d'un margrave de Misnie, si Rodolphe de Habsbourg ne les éclipsait par des qualités plus essentielles au temps où nous vivons. Le dernier possède tout, naissance illustre, origine ancienne, fortune respectable, expérience dans la paix, bonheur dans la guerre, prudence dans les affaires, gloire, bonheur domestique, magnificence au-dehors, et avant tout un grand amour de la justice et de la probité. Il joint à tout cela une bonne armée, et est chéri et estimé de toute la noblesse de la Germanie Supérieure. Que si, pour enchaîner les esprits, on a reconnu que les liens du sang et les alliances sont un mobile puissant, Rodolphe, qui a six filles, peut dès-lors compter sur une noble parenté qui lui conciliera bien des cœurs. Il a de même trois fils, émules de ses vertus, qui ne sont pas encore mariés, et qui concourront à assurer la stabilité du trône. Enfin je sais qu'il y a en Allemagne plusieurs seigneurs qui l'emportent sur lui en richesses, en opulence et en faste, mais je ne connais personne de plus apte au gouvernement de l'empire que Rodolphe, surtout dans les circonstances présentes. »

Un autre motif contribua encore puissamment à l'élection de Rodolphe : c'est que la plupart des électeurs séculiers n'étaient point mariés. Le comte, qui avait six filles, aurait peut-être été embarrassé de les placer convenablement ; mais, devenu empereur, il y allait de son intérêt à leur trouver des partis avantageux ; car non-seulement Louis, palatin du Rhin et duc de Bavière, en épousa une, mais le duc Albert II de Saxe-Wittemberg, et plus tard le margrave Othon de Brandebourg imitèrent son exemple.

Louis de Bavière était veuf de sa première épouse, Marie de Brabant. Il s'informa s'il pourrait obtenir une des filles de Rodolphe, et, en ayant obtenu l'assurance, il ne balança plus et entraîna les deux autres. Quelques auteurs prétendent que le comte de Habsbourg avait été consulté avant son élection pour savoir s'il consentirait à adopter pour gendres ces trois seigneurs : l'histoire dément cette supposition.

La première occupation de Rodolphe fut de se faire reconnaître par le pape, précaution d'autant plus nécessaire alors qu'il était à craindre qu'Alphonse de Castille, déjà élu auparavant avec Richard d'Angleterre, ne cherchât à faire valoir ses droits : on savait qu'il comptait de puissants protecteurs à la cour de Rome. Il était du devoir de Rodolphe de prévenir les démarches que ce monarque aurait été tenté de faire, et de ne point perdre de temps, de crainte de compromettre son élection.

Par bonheur pour lui, le pape Grégoire X était un homme recommandable sous tous les rapports et occupé alors à la célébration du concile général de Lyon, lorsque les députés de Rodolphe se présentèrent à lui, le priant de reconnaître leur maître. Tous les évêques présents à cette nombreuse assemblée joignirent leurs instances à celles de ces députés, pour forcer en faveur du nouvel empereur. Le pape consentit donc à cette élection, et en écrivit à Alphonse de Castille, qui paraissait s'en plaindre : — « Que les nombreux besoins du monde, de l'empire et de la Terre-Sainte exigeaient la prompte solution de cette affaire ; que tout le concile, par une acclamation générale, ne le ménageant pas,

lui-même, ni l'Eglise romaine, en avait exprimé le
désir en murmurant contre lui et demandant qu'on
ne différât plus cette reconnaissance, dont le délai
exposait l'empire à de grands dangers. »

Comme les affaires des chrétiens de la Palestine
s'étaient singulièrement compliquées, le pape s'occupa principalement, dans ce concile, des moyens
d'y porter remède; et les évêques, lui ayant déclaré
qu'on ne pouvait secourir efficacement la Terre-
Sainte qu'après avoir donné un chef à l'empire
d'Allemagne, hâtèrent par-là même la conclusion et
l'arrangement définitif de cet avènement au trône,
objet de tous les vœux. Mais la cour de Rome montra, dans cette circonstance, sa prudence ordinaire.
Les députés envoyés par Rodolphe au concile étaient
Othon, prévôt de Saint-Guide à Spire, et le bourgrave Frédéric de Nuremberg. Le pape leur présenta
d'abord les capitulations prescrites à Othon VI et à
Frédéric II, qu'ils furent obligés de signer; savoir:
la renonciation aux biens des évêques défunts, la
confirmation de la liberté d'élection accordée aux
chapitres des cathédrales, l'autorisation des appels
en cour de Rome, et surtout l'abandon de la Marche
d'Ancône et du duché de Spoletto à l'Eglise romaine. Outre cela, les députés furent obligés de
prêter serment, au nom de l'empereur, pour attester
que ce prince n'attaquerait jamais, en tout ou en
partie, les domaines de l'Eglise romaine, ni même
ceux des vassaux de cette Eglise; et que, lors

même que les possesseurs de ces domaines voudraient se soumettre à l'empereur et à l'empire, il ne pourrait pas les recevoir ; qu'il n'accepterait jamais, sous aucun prétexte, aucune charge ou dignité dans l'État de l'Eglise ou à Rome sans une permission expresse de lui-même (Grégoire X) ou de ses successeurs. (Les Romains avaient, en effet, contrairement aux ordonnances des papes, rétabli dans leur ville la dignité de sénateur, et pour se rendre eux-mêmes, ainsi que ce sénateur, plus indépendants du pape, ils ne conférèrent cette dignité qu'à des étrangers, comme, par exemple, à Charles, roi de Sicile, et autres.) Il fut ajouté que Rodolphe ne devait pas seulement refuser tout secours à ceux qui attaqueraient l'Eglise romaine, mais soutenir et protéger le pape contre tous les perturbateurs du repos public.

Au sujet de la mort de Conradin, on n'était pas sans inquiétude à Rome : on craignit qu'un empereur ne cherchât à faire valoir les droits de la maison de Hohenstauffen sur le royaume de Sicile et sur la Pouille. Rodolphe fut donc obligé de promettre en particulier de ne point attaquer Charles d'Anjou, qui tenait ces provinces en fief du Saint-Siége, de ne point molester ceux qui avaient pris le parti de ce dernier prince contre les descendants de Frédéric II, et d'empêcher ceux qui seraient tentés d'entreprendre quelque chose à ce sujet. Rodolphe devait s'engager à maintenir tout ce qui est contenu dans l'acte de donation de l'empereur Louis Ier et dans la formule du serment d'Othon Ier au pape Jean XII.

Déjà, lors de l'avènement de Frédéric II, le pape eut la précaution d'exiger que les princes de l'empire promissent une pleine et entière adhésion aux différents articles de la capitulation faite entre le Saint-Siége et l'empereur. Cela eut encore lieu lors de la reconnaissance de Rodolphe par Grégoire X. L'empereur devait s'engager à faire jurer lesdits princes qu'ils respecteraient et maintiendraient tous ces articles en tous points, et qu'ils veilleraient à leur exécution fidèle par Rodolphe, qu'ils ne prêteraient point leur assistance à ce dernier s'il s'avisait de les violer en tout ou en partie.

Les députés de Rodolphe souscrivent à tout sans même demander la permission d'en référer d'abord à ce maître, l'empereur les ayant préalablement autorisés à souscrire à tout ce que ses prédécesseurs avaient accordé au pape, et à consentir, en général, à tout ce qui ne serait pas contraire à l'empire et ne contribuerait pas à son abaissement devant Dieu et devant les hommes, ni à son morcellement.

Le pape reconnut ensuite solennellement Rodolphe, et prépara les voies pour engager ce monarque à une nouvelle croisade; mais il avait aussi à ménager le roi de Castille, qui ne pouvait toujours pas oublier l'élection de Rodolphe, faite à son détriment. Il résolut donc de s'aboucher directement avec eux, et écrivit à l'empereur une lettre dans laquelle il lui dit entre autres : « Nous vous exhortons à vous préparer pour recevoir de nos mains la couronne impériale lorsque nous vous appellerons, ce que nous espérons faire bientôt. »

Cette lettre était datée du 27 septembre 1274. Par une seconde, il le pria de s'avancer le plus tôt qu'il pourrait sur la frontière la plus rapprochée de son empire, et de le lui faire savoir.

Cette harmonie entre le chef de l'Eglise et le chef de l'empire produisit partout d'heureux résultats. Les esprits se calmèrent, et tout fit espérer un prompt retour à l'ordre. L'archevêque de Saltzbourg, une des villes les plus importantes de la Haute-Allemagne, profita de ce moment pour remédier à plusieurs abus qui s'étaient glissés dans la discipline ecclésiastique, par suite de ces temps de trouble. De retour du concile de Lyon, auquel il avait assisté, ce prélat assembla un synode provincial auquel se trouvèrent présents les évêques Léon, de Ratisbonne ; Pierre, de Pau ; Brunon, de Brixen; Wernhard, de Seckau, et Jean, de Chiemsée. Il y fut ordonné que les constitutions du concile de Lyon seraient publiées dans la province de Saltzbourg, ainsi que celles du concile de Vienne, tenu en 1267 On y ajouta vingt-quatre articles du règlement, qui prouvent la tendre sollicitude de l'archevêque pour le bien de l'Eglise. En voici les plus remarquables :

« L'interruption des chapitres provinciaux ayant causé un grand relâchement dans les observances monastiques, nous ordonnons aux abbés de l'ordre de Saint-Benoît de tenir leur chapître aux fêtes de Pâques prochaines ; autrement nous procèderons à la réforme de cet ordre dans notre premier concile provincial. Nous ordonnons toutefois, dès à présent, aux abbés de rappeler les moines fugitifs errant par le monde. — Il n'est point permis aux abbés de refuser aux religieux la liberté de passer à une plus étroite observance, ni d'envoyer des religieux d'un monastère à un autre, sinon, par cause grave et approuvée par l'évêque. — On défend à tout prélat, curé ou autre, de couper les cheveux ou de donner l'habit religieux à aucune personne de l'un ou de l'autre sexe, si elle ne fait profession d'une règle approuvée et ne se destine à un certain lieu. Ceux qui en useront autrement et porteront un habit de religion pour mener une vie vagabonde seront réprimés par mesures ecclésiastiques. »

On voyait à cette époque une autre espèce de vagabonds qui, se disant écoliers et clercs, étaient à charge aux églises et aux monastères, et se faisaient donner des aumônes des vrais pauvres, déclamant contre ceux qui les refusaient et scandalisaient tout le monde. Le concile leur accorda deux mois pour choisir un état de vie réglée, et défendit de ne rien leur donner après ce laps de temps.

On défendit ensuite dans les églises le jeu nommé

l'épiscopat des enfants. On défendit aux avoués des églises de leur imposer des charges indues contre les redevances ordinaires ; autrement il sera procédé contre eux par les voies de droit.

« Si un évêque est arrêté ou détenu prisonnier, on cessera l'office divin dans toute la province de Saltzbourg, quand cette violence sera devenue publique. »

Cependant Alphonse, roi de Castille, ayant résolu de passer en France pour conférer avec le pape au sujet de la couronne impériale d'Allemagne, se rendit à Barcelone avec Jacques, roi d'Aragon, et y célébra les fêtes de Noël en 1274. Il y assista aux fêtes de funérailles de saint Raymond de Pennafort. C'est ce bienheureux qui mit en ordre les constitutions des dominicains, et qui composa une somme de cas de conscience à l'usage des confesseurs, le premier ouvrage de ce genre qu'on connaisse. Alphonse entra en France huit jours après Pâques, et alla à Beaucaire, où le pape l'attendait. Ils entrèrent ensemble dans une conférence qui dura plusieurs mois, mais qui n'obtint aucun résultat. Le pape Grégoire, qui s'était déclaré pour Rodolpho, soutint avec fermeté cette élection, tandis que le monarque espagnol maintint toujours la validité de la sienne, quoiqu'il n'eût jamais été en Allemagne pour se faire couronner. Dès qu'Alphonse fut de retour dans ses Etats, il reprit les ornements impériaux, qu'il avait momentanément quittés, et conti-

nua à appliquer le sceau impérial aux lettres qu'il
écrivit en Italie et en Allemagne, ce qui produisit
partout une grande sensation, surtout connaissant
l'éloignement que ce prince avait d'abord marqué
pour les pays du Nord, qu'il ne voulait pas échanger
contre le climat de l'Espagne. Lorsque le pape apprit ces nouvelles prétentions, il adressa un bref à
l'archevêque de Séville, qu'il chargea de prier ce
monarque de renoncer à prendre un titre désormais
perdu pour lui s'il ne voulait s'exposer aux censures
ecclésiastiques. L'archevêque s'acquitta avec beaucoup de prudence de cette mission délicate, et parvint à engager le roi à renoncer à tout espoir de
monter sur un trône pour lequel il avait montré
tant d'hésitation. Le pape, instruit de ces dispositions, lui permit de prélever la dîme pour les frais
de la guerre contre les Maures, qui ne cessaient de
l'attaquer, et, au rapport de quelques historiens,
ceci contribua beaucoup à le rendre plus traitable
sur la dignité impériale. Il était d'autant plus ur-
gent de résister aux Sarrasins que, dans une excur-
sion, ces peuples s'emparèrent de l'archevêque de
Tolède, qui les combattait, le tuèrent, et lui coupè-
rent la tête et la main gauche, où il portait son
anneau pastoral.

Le pape montra la même fermeté à l'égard de Jacques, roi d'Aragon, qui scandalisait ses sujets par
une conduite indigne d'un chrétien, et d'autant plus
répréhensible dans un prince que l'exemple des

4

grands autorise, en quelque sorte, les sujets à les imiter. Il le menaça de l'excommunication et de l'interdit qu'il allait lancer sur les lieux où s'arrêterait le monarque, s'il ne renonçait à sa vie scandaleuse. L'archevêque de Tarragone et l'évêque de Tortose furent chargés d'exécuter la bulle du pape.

Tel était le triste état dans lequel se trouvaient les affaires à cette époque, que l'Eglise seule pouvait encore mettre un frein à la fureur et aux passions des grands.

Le pape recueillit partout sur son passage de nombreux témoignages d'amour et d'attachement des peuples pour le chef de l'Eglise. Il se montra affable, doux et bon envers tout le monde, fit approcher de sa personne les pauvres, auxquels il parla avec une effusion vraiment paternelle, et auxquels il fit distribuer de riches aumônes. Il réconcilia ensemble des ennemis dont la haine avait depuis longtemps scandalisé les fidèles, encouragea les bons, reprit les méchants, et laissa partout des traces des vertus qu'il pratiquait lui-même. On conçoit dès lors quelle autorité il devait exercer sur la chrétienté. Ces marques de vénération frappèrent surtout les députés du clergé grec qui avaient solennellement reconnu la primauté du siége de Rome. Fleury rapporte à ce sujet :

« Le vingt-neuvième du mois de juin, fête des saints Pierre et Paul, le pape célébra la messe à

Saint-Jean de Lyon, en présence de tous les prélats du concile. On lut tout l'épître en latin et en grec, l'évangile fut chanté en latin par le cardinal Ottoboni de Fiesque, et ensuite un diacre, revêtu à la grecque, le chanta en grec; puis saint Bonaventure prêcha. On chanta le symbole en latin, qui fut entonné par les cardinaux et continué par les chanoines de Saint-Jean. Ensuite le même symbole fut chanté en grec solennellement par le patriarche Germain, avec tous les archevêques grecs de Calabre et deux pénitenciers du pape, l'un dominicain, l'autre cordelier, qui savaient le grec. Ils chantèrent trois fois l'article : — « *Qui procède du Père et du Fils.* » — Ensuite le patriarche et les autres Grecs chantèrent en grec des versets de louange en l'honneur du pape, qui continua et acheva la messe, à laquelle ils assistèrent debout près de l'autel...

» Le quatrième de juillet, le pape reçut les ambassadeurs d'Abaga, grand kan des Tartares. Il envoya au-devant d'eux les familles des cardinaux et des prélats, et ils se présentèrent à lui dans sa chambre, où étaient tous les cardinaux et plusieurs prélats, assemblés pour traiter devant lui des affaires du concile. Les tartares étaient au nombre de seize, et rendirent au pape des lettres du kan, publiant la puissance de leur nation par des discours magnifiques. Ils ne venaient point pour la foi, mais pour faire une alliance avec les chrétiens contre les musulmans. Le même jour, le pape envoya dénoncer, par ses huissiers, à tous ses prélats que la quatrième session (du concile) aurait lieu le vendredi suivant.

» Elle se tint, en effet, ce jour-là, qui était le sixième de juillet et l'octave de saint Pierre. Les ambassadeurs grecs y furent placés au côté droit du pape, après les cardinaux. On y observa les mêmes cérémonies qu'à la première session. Le cardinal d'Ostie, frère de Pierre de Tarentaise, servait au pape de prêtre assistant et fit le sermon. Puis le pape dit : « Nous avons écrit à l'empereur grec, que s'il ne voulait venir de lui-même à l'obéissance de l'Eglise romaine, il envoyât des ambassadeurs pour traiter de ce qu'il voulait demander; et, par la miséricorde de Dieu, ce prince, toutes affaires cessant, a reconnu librement la foi de l'Eglise romaine et sa primauté, et a envoyé ses ambassadeurs pour la déclarer en notre présence, comme il est expressément porté dans ses lettres. » Le pape fit alors lire la lettre de l'empereur Michel, celle des prélats et celle d'Andronic, fils aîné de l'empereur, depuis peu associé à l'empire, toutes trois scellées en or et traduites en latin. La lettre de l'empereur donnait, dès l'entrée, à Grégoire les titres de premier et de souverain pontife, de pape œcuménique et de père commun de tous les chrétiens. Elle contenait la profession de foi envoyée à Michel par le pape Clément IV, en 1267, transcrite

mot à mot ; puis l'empereur ajoutait : « Nous recon-
naissons cette foi pour vraie, sainte, catholique et
orthodoxe ; nous la recevons et la confessons de
cœur et de bouche, comme l'enseigne l'Eglise romaine, comme elle est exprimée en ce texte : seulement nous vous prions que notre Eglise dise le
symbole comme elle le disait avant le schisme et
jusqu'à présent, et que nous demeurions dans nos
usages que nous pratiquions avant le schisme, et
qui ne sont contraires ni à la présente profession
de foi, ni à l'Ecriture sainte, ni aux conciles géné-
raux, ni à la tradition des Pères, approuvée par
l'Eglise romaine. Nous donnons pouvoir à nos apo-
crisiaires d'affirmer tout ce que dessus, de notre
part, en présence de Votre Sainteté... » Après que
ces lettres eurent été lues, le grand logothète Geor-
ges Acropolite fit, au nom de l'empereur, le serment
par lequel il abjurait le schisme, acceptait la profession de foi de l'Eglise romaine, et reconnaissait
sa primauté, promettant de ne s'en jamais départir.
Alors le pape entonna le *Te Deum*, pendant lequel
il demeura debout et sans mitre, répandant beaucoup de larmes.

Cette réunion de l'Eglise grecque fut alors regar-
dée comme un événement heureux, si seulement
elle eût pu durer. On ignore si l'empereur Michel
agit de bonne foi dans cette circonstance ; du moins
maintint-il l'union jusqu'à la fin de son règne ; mais
le schisme recommença sous son successeur Andro-

4.

nic, et les orthodoxes furent persécutés, entre autres le savant patriarche Jean Veccus, qui, après un exil de quinze ans , mourut dans l'union de l'Eglise romaine.

De Beaucaire , le pape s'achemina lentement vers Lausanne , où devait avoir lieu son entrevue avec l'empereur Rodolphe. A Vienne , il réunit l'évêché de Die à celui de Valence , mesure désirée depuis long-temps. Grégoire portait une affection particulière à l'église de Valence , où il avait servi pendant sa jeunesse. Il sacra lui-même évêque de cette église Amédée de Roussillon , gentilhomme dauphinois , et qui avait été religieux à l'abbaye de Saint-Claude en Franche-Comté, puis abbé de Savigny. Cet homme montrait une grande répugnance pour l'épiscopat, et répandit beaucoup de larmes ; mais le pape le consola et lui dit :

— « N'ayez aucune inquiétude ; c'est par vous que cette église dépouillée recouvrera son ancienne splendeur. »

Amédée garda sur le siége épiscopal l'habit monastique, conserva la simplicité de son état primitif, se nourrit comme autrefois , et observa la règle de son ordre autant que ses nouvelles occupations et ses devoirs le lui permettaient. Il fut le modèle des évêques de la province et chéri de Dieu et des hommes.

V

ENTREVUE DE RODOLPHE AVEC LE PAPE GRÉGOIRE
A LAUSANNE.

Rodolphe voulut régner par la justice, au nom de
Dieu, et mit dans toutes ses relations la franchise,
la noblesse, la gravité et la loyauté qui convenaient
au chef d'un vaste empire, et que ses contemporains, ainsi que la postérité, ont su apprécier. S'il
eût été un homme ordinaire, il se serait peut-être
contenté de porter, comme ses deux prédécesseurs,
un titre éblouissant et flattant la vanité, sans se sou-
cier de remplir des devoirs pénibles et de débrouil-
ler le chaos des affaires publiques; mais il ne se

laissa pas rebuter, et, connaissant la grandeur des obligations que son élection lui avait imposées, il eut le courage de les remplir, comme devant un jour en rendre compte au Roi des rois, qui a dit dans les saintes Écritures : — « Vous êtes des dieux et des fils du Très-Haut; — mais, ô dieux de chair et de sang, ô dieux de boue et de poussière, vous mourrez comme des hommes. O rois ! exercez donc hardiment votre puissance ; car elle est divine et salutaire au genre humain; mais exercez-la avec humilité, car elle vous est expliquée par le dehors , au fond elle vous laisse faibles , elle vous laisse mortels , et elle vous charge devant Dieu d'un plus grand compte.

Rodolphe mit une grande circonspection dans le choix de ses nouveaux amis et conseillers , et n'accorda sa confiance qu'à des hommes probes et d'une vertu éprouvée, sachant distinguer les flatteurs des hommes fidèles et dévoués, honorant les uns et méprisant les autres. Il sut, par cette prudence , se préserver d'une foule de fautes que commettent souvent les hommes les mieux intentionnés, en se laissant circonvenir par des intrigants de bas aloi et qui exploitent la faiblesse de leurs maîtres à leur profit et souvent au détriment des peuples.

Le pape Grégoire X arriva à Lausanne le 6 octobre, et Rodolphe se rendit dans cette ville le 18 du même mois, accompagné de son épouse et de presque tous ses enfants. Leur entrevue fut touchante et cordiale.

L'empereur donna au chef de l'Eglise des marques sincères de vénération, et le pape lui témoigna beaucoup d'amour et de bonté.

Deux jours après, Rodolphe fit , à l'église cathédrale de Lausanne, le serment de conserver tous les biens de l'Eglise romaine, et de l'aider à recouvrer ceux dont elle n'était pas encore en possession, comme aussi de concourir à la défense de ses droits sur le royaume de Sicile.

A ce serment, prêté au milieu d'une imposante cérémonie, assistèrent sept cardinaux , cinq archevêques, qui étaient : Adhémar , de Lyon ; Othon , de Milan ; Boniface, de Ravennes ; Jacques, d'Embrun, et Eudes, de Besançon ; onze évêques : Jean, de Liége ; Etienne, de Paris ; Rodolphe , de Constance ; Henri , de Bâle ; Guillaume , de Lausanne ; Henri , de Trente ; Amédée, de Valence ; Raimond , de Marseille ; Aimon , de Genève ; Alain , de Sisteron , et Gérard , de Verdun. L'empereur avait dans son cortége Louis , comte-palatin du Rhin et de Bavière ; Frédéric, duc de Lorraine , et Frédéric, bourgrave de Nuremberg. Il promit de réitérer ce serment avant de se faire couronner empereur par le pape , à Rome.

Le lendemain, Rodolphe publia un édit par lequel il accorda aux chapitres la liberté d'élection , rejeta comme un abus l'usage de s'emparer des biens des prélats décédés ou des églises vacantes , pratiqué par ses prédécesseurs ; accorda aussi la liberté des

appels au Saint-Siége, et promit son secours pour
l'extirpation des hérésies. Il réitéra sa promesse de
conserver le patrimoine de l'Eglise romaine, et ajouta
qu'il n'accepterait jamais aucune charge ou dignité
qui lui conférerait un pouvoir dans ces lieux, et particulièrement à Rome ; qu'il n'attaquerait jamais
aucun des vassaux de l'Eglise romaine, et spéciale-
ment Charles d'Anjou, roi de Sicile, et qu'il ferait
confirmer toutes ces promesses par les princes d'Allemagne. Dans cette même assemblée, Rodolphe
prit aussi la croix avec l'impératrice son épouse, le
comte et la comtesse de Ferrette, et presque toute
la noblesse qui s'était rendue à Lausanne. Il s'était
déjà engagé auparavant à prendre la croix par reconnaissance de ce que le pape avait si bien reçu
ses députés au concile de Lyon, et avait dit dans sa
lettre : « Mon ardeur à entreprendre ce voyage est
d'autant plus grande que les ossements de mon père
reposent là, hors du sol natal, et provoquent chaque jour une vive sollicitude dans mon cœur. Et
qui pourrait empêcher le fils d'aller visiter le tombeau paternel, et de s'exiler de sa patrie pour celui
qui s'est exilé lui-même et s'est revêtu de nos misè-
res pour nous procurer les joies du paradis ? »

Le pape et l'empereur se quittèrent après s'être
donné mutuellement toutes les marques d'une amitié sincère. Un historien du temps a fait l'observation que, à l'occasion de cette entrevue, Rodolphe
fit pour sa toilette, celle de son épouse et de ses en-

fants, une dépense de 900 marcs d'argent, somme
qui frappe d'autant plus qu'on connaissait la simplicité du monarque, qu'on l'avait vu plus d'une fois,
dans des expéditions un peu longues, porter un
pourpoint raccommodé, simplicité qu'il conserva
d'ailleurs sur le trône.

En quittant Lausanne, le pape retourna en Italie,
passa par Sion, où il donna à l'archevêque d'Embrun
la mission de prélever, pendant six ans, la dîme en
Allemagne pour la croisade. Il arriva à Milan le 11
novembre, et alla loger au monastère de Saint-Am-
broise, où il se fit voir à tout le monde avec bonté.
De Milan il se rendit à Florence; mais il ne voulut
pas traverser cette ville, parce qu'elle était interdite
et les habitants excommuniés, pour n'avoir pas
observé la paix qu'il avait faite entre les Guelfes et
les Gibelins. Or, comme la rivière qu'il fallait traverser était gonflée par les pluies, il fut obligé de
passer par la ville. Il leva donc l'interdit pour le
moment, et bénit le peuple qui accourut; mais, quand
il fut sorti, il prononça de nouveau la sentence d'excommunication, pour punir cette cité de sa méchan-
ceté. De là Grégoire alla à Arezzo, et y passa les
fêtes de Noël ; mais il y tomba malade, et mourut
le 10 janvier 1276, ayant occupé le Saint-Siége quatre ans, deux mois et quinze jours. Il fut enterré à
la cathédrale de cette ville; plusieurs miracles ayant
été opérés à son tombeau, il fut regardé comme un

saint, et le peuple célèbre sa fête tous les ans, le 16 février.

La chaire de saint Pierre ne resta vacante que dix jours. On élut, pour succéder à Grégoire, Pierre de Tarentaise, de l'ordre des dominicains, docteur de Paris, professeur de théologie et archevêque de Lyon, et fait cardinal par son prédécesseur au concile même de cette ville. Il prit le nom d'Innocent V, mais ne gouverna l'Eglise que cinq mois, et mourut le 22 juin de la même année.

Le 14 juillet suivant, les cardinaux élurent le cardinal Ottoboni de Fiesque, archidiacre de Reims, de Palerme et de Cantorbéry, et qui avait été légat en Allemagne et en Angleterre. Il était malade lorsque ses parents vinrent lui annoncer son élévation à la chaire de saint Pierre. Il leur répondit : « J'aimerais mieux que vous eussiez trouvé un cardinal en bonne santé qu'un pape mourant. » Il mourut, en effet, le 16 août suivant, n'ayant pas eu le temps de se faire sacrer. Il avait pris le nom d'Adrien V. On vit cette année mourir trois papes, et trois nouvelles élections.

Le 13 septembre suivant fut élu Pierre Julien, de Brague en Portugal, cardinal-évêque de Tusculum, homme fort savant, et qui prit le nom de Jean XXI. Il ne régna de même que huit mois et trois jours, ayant été accablé sous les ruines d'une maison qu'il avait fait construire près de Viterbe; il mourut six jours après, 18 mai 1277. Il fut remplacé par Jean

Gaétan, Romain, cardinal-diacre du titre de Saint-Nicolas, élu le 25 novembre de la même année sou-le nom de Nicolas III. On rapporte que saint François d'Assise lui avait prédit son élévation. Ce pape était un homme d'une si grande prudence, d'une réserve si parfaite et d'un extérieur si gracieux, qu'on le surnomma *le Composé*. Il protégea les arts, récompensa les gens de lettres, envoya des légats à l'empereur grec pour entretenir l'union entre les deux Eglises, et des missionnaires en Tartarie pour y annoncer la foi chrétienne.

Rodolphe, qui avait formé le projet de se faire couronner à Rome, ayant appris la mort de Grégoire X, ne se pressa pas d'y aller ; et comme les successeurs de ce pontife ne pressaient plus tant l'affaire de la croisade, l'empereur ne s'occupa pas non plus de son voyage en Palestine, ayant d'ailleurs assez à faire dans son empire.

Quelque temps après son élection, il adressa un rescrit à tous ses vassaux et fidèles sujets ; il disait « qu'avec l'aide du Seigneur, il allait s'occuper de rétablir la paix au milieu du pays miné par les désordres, et prendre le parti des opprimés contre les tyrans qui les vexaient, etc. »

Jamais promesse ne fut tenue plus régulièrement et plus scrupuleusement que celle-ci ; car il joignit aussitôt l'effet aux paroles : il parcourut la Souabe, la Franconie, les provinces rhénanes, pour rétablir partout la sûreté, l'ordre et la tranquillité, jusqu'à ce que la célébration de la première diète l'appelât à Nuremberg.

L'an 1277, le jour de saint Urbain (25 mai), fut posée la première pierre de l'admirable tour de la cathédrale de Strasbourg, par l'évêque Conrad III, de Lichtemberg, qui avait succédé à Henri de Géroldseck. Ce prélat avait déjà fait achever l'église cathédrale, qui avait été commencée deux cent soixante ans auparavant, et dont les travaux avaient été interrompus par des guerres et différentes autres causes, à cette époque de troubles et de désordres. Le plan de cet édifice imposant, de cette flèche hardie, qui ne le cède que de quelques pieds à la plus haute des pyramides d'Egypte, est dû à l'architecte Ervin de Steinbach, qui commença l'ouvrage, mais qui mourut en 1318. Son fils Jean éleva la tour jusqu'à la plate-forme, en 1339. Jean Hiltz, de Cologne, continua l'édifice; enfin un architecte de Souabe y mit la dernière main, et posa la boule en 1439, qu'il couronna d'une statue de la sainte Vierge, mais qu'on fut obligé d'en ôter, la foudre l'ayant mutilée; de sorte qu'on travailla cent-soixante-six ans à cette œuvre gigantesque. On est stupéfait en examinant cette construction si belle, si hardie, et on ne peut que bénir ces siècles de foi qui, malgré les désordres qui les souillèrent, nous léguèrent cependant des monuments si grandioses, pages sublimes, qui déposent de leur zèle pour la foi et qui les réconcilient, en quelque sorte, avec l'histoire. Ceux qui s'accounent donc à calomnier à outrance ce moyen-âge n'ont qu'à consulter les relations que les écrivains contemporains nous ont laissées sur ces belles basiliques, et cette lecture les réconciliera sans doute un peu avec des temps flétris avec raison sous certains rapports, mais méritant cependant notre indulgence sous bien d'autres.

Rodolphe eut donc la gloire de voir s'élever sous son règne la magnifique tour de Strasbourg, à la construction de laquelle il ne resta certainement pas étranger ; car il témoigna beaucoup de bienveillance à l'évêque Conrad, qui s'attacha à lui et l'aida dans plusieurs guerres que ce monarque eut à soutenir pendant le cours de son règne. Rodolphe voulut réunir au domaine impérial la riche succession de la maison de Hohenstauffen, dont plusieurs seigneurs s'étaient emparés pendant l'interrègne, et qui se liguèrent contre ce prince. Rodolphe mit sur pied une armée composée des troupes de Louis, palatin du Rhin, de plusieurs comtes et évêques, parmi lesquels on distingua l'évêque de Strasbourg. L'empereur trouva moins de résistance en Alsace. Il assiégea le château du comte de Fleckenstein, pour forcer ce seigneur à relâcher l'évêque de Spire, qu'il avait fait prisonnier, sur le refus que ce prélat avait fait de lui payer une somme d'argent. Fleckenstein se soumit enfin au monarque, et lui céda toutes ses terres. Rodolphe nomma ensuite pour préfet d'Alsace le seigneur Wernet de Hadstatt, surnommé le Petit-Nicolas, à cause de la petitesse de sa taille.

Ce dernier avait long-temps fait la guerre en Espagne, en qualité de général de la cavalerie. Lassé du service, il demanda à se retirer : on régla ses comptes, et le roi lui resta redevable d'une forte somme, qu'il s'engagea à lui payer à un terme assez rapproché. Mais, le temps du paiement étant échu, le seigneur de Hadstatt sollicita long-temps par ses lettres. Les réponses d'Espagne n'étant pas satisfaisantes, Hadstatt se mit à la tête de quarante cavaliers bien armés, et entra dans Francfort, où il se trouvait alors un envoyé du roi d'Espagne ; il l'enleva et l'emmena prisonnier dans un château situé dans les montagnes aux environs de Rouffach.

Lorsque Rodolphe apprit cet attentat, qui était une grave offense envers un monarque et une violation flagrante du droit des gens, il fit sommer le seigneur de Hadstatt de relâcher le prisonnier et de lui faire ses excuses ; mais cet injuste ravisseur se moqua de l'injonction du monarque et retint l'Espagnol. L'empereur, qui n'était pas homme à souffrir un si grave refus d'obéir à ses ordres, et qui voulait, surtout au commencement de son règne, donner une leçon aux perturbateurs du repos public, fit marcher des troupes contre l'insolent Hadstatt, et assiéger le château, qui fut pris malgré la résistance du rebelle, et détruit. L'envoyé espagnol fut rendu à la liberté, et Hadstatt fut renfermé au château d'En-

sisheim , où il languit jusqu'à sa mort. Cet exemple
de sévérité en imposa aux mutins , qui surent dès-
lors qu'ils ne gagneraient rien contre un monarque
aussi disposé à soutenir leurs droits légitimes qu'à
résister à leurs prétentions injustes. Comme Hadstatt
ne laissa point d'enfants , ses biens furent donnés,
après sa mort, aux comtes de Ferrette, de Schauen-
bourg et de Montjoie.

L'empereur donna ensuite la préfecture d'Alsace
à Othon d'Ochsentein , son neveu. En cherchant
ainsi à s'assurer de plus en plus de cette riche province par la nomination de seigneurs puissants et
fidèles aux charges publiques, Rodolphe voulut surtout gagner à sa cause la ville de Strasbourg , et
acheta des seigneurs de Lichtemberg le droit d'advo-
catie qu'ils exerçaient sur elle. Devenu par-là le protecteur de cette cité importante , il la tint sous sa
dépendance et l'attacha à ses intérêts.

VI

RODOLPHE FAIT LA GUERRE A OTTOCAR, ROI DE BOHÊME.

Rodolphe avait convoqué sa première diète à Nuremberg. Ces assemblées étaient ordinairement fort nombreuses : celle-ci devait être doublement intéressante , puisque la noblesse était curieuse de voir son nouvel empereur et d'entendre ce qu'il allait prescrire pour l'avenir du bien public. Suivant une ancienne loi de l'empire, tous les princes et seigneurs qui possédaient quelque fief du domaine impérial étaient tenus , sous peine d'en être dépossédés , à en recevoir l'investiture dans l'espace d'un an, et à prêter le serment de fidélité entre les mains de l'empereur.

Tous les princes s'y étaient soumis avec exactitude, à l'exception d'Ottocar, roi de Bohème, qui ne voulut point reconnaître l'élection de Rodolphe et de Henri, duc de la Basse-Bavière, qui réclamait le secours d'Ottocar contre son frère Louis, qu'il n'aimait point. Le monarque bohémien alla plus loin, déclama partout contre Rodolphe, et prétendit que ce petit comte de Habsbourg était indigne d'être empereur d'une nation aussi vaillante que la nation allemande, et que son élection était nulle, ne s'étant pas faite selon les formes ordinaires. Les motifs sur lesquels Ottocar basait son refus paraissent avoir été les mêmes que ceux que la descendante et héritière de Rodolphe fit valoir, au XVIIIe siècle, pour ne point reconnaître Chartes VII, savoir : son exclusion du collège électoral; toutefois avec la différence que le droit de voter avait été contesté au roi de Bohème; que Rodolphe n'était point électeur et ne s'était point mêlé de cette élection, et qu'il n'aurait jamais réclamé de ce dernier les provinces qu'il possédait par droit d'héritage, si Ottocar en avait demandé l'investiture au temps marqué par la loi.

Si l'on rapproche de ce fait différentes lettres du pape Grégoire X à Ottocar, on remarque que le principal grief de ce monarque fut l'exclusion de ses députés du collége électoral à Francfort, chose à à laquelle Rodolphe n'eut aucune part.

Le droit des monarques bohémiens à voter au collége fut, en effet, contesté à cette époque. Le roi Wenceslas, père d'Ottocar, avait concouru à l'élection de Conrad IV, Ottocar lui-même avait voté pour Alphonse de Castille, quoique plus tard il crut devoir embrasser le parti de Richard de Cornouailles. On lit dans les historiens que, depuis l'an 1240, les ducs de Bavière prétendaient à deux voix au collége électoral, en qualité de comtes palatins du Rhin et duc de Bavière. Lors de l'élection de Richard, ainsi que de celle de Rodolphe, ils usèrent de ce double vote, ce qui fit exclure les députés d'Ottocar.

Ce prince, jouant donc alors un grand rôle dans les affaires de l'empire, non-seulement par ses vastes possessions, mais aussi par ses succès sur les Hongrois, ainsi que par ses croisades contre les Prussiens et les Lithuaniens, encore plongés dans les ténèbres du paganisme, dut être singulièrement mortifié de ce refus et de la préférence donnée à Rodolphe. La ville de Kœnigsberg, qu'il fit construire sur les terres enlevées aux Prussiens, est encore de nos jours un témoignage parlant de sa valeur, et paraissait alors lui fournir ample matière à récrimination contre les électeurs. Mais il est d'autant moins probable que ces derniers lui eussent offert la couronne impériale que l'évêque

d')lmutz, un de ses confidents, ne se serait pas
permis d'écrire au pape que les Allemands ne de-
mandaient qu'un monarque faible, vu qu'Ottocar
était très-puissant.

Le pape Grégoire X fut le premier auprès duquel
Ottocar se plaignit de cette prétendue injure faite à
son honneur par les électeurs. Il s'attendait à voir
ses réclamations accueillies avec d'autant plus de
raison qu'il avait entrepris ses deux croisades en
vue de plaire au chef de l'Église ; mais Grégoire,
qui désirait tant voir l'Europe tranquille pour pouvoir envoyer des secours en Palestine, alors si mal-
traitée par les Musulmans, n'examina point les
motifs invoqués par Ottocar, mais se contenta de
l'engager à conserver la paix en lui dépeignant toutes
les horreurs que la guerre, même la plus juste,
entraîne après elle ; il lui représenta l'issue incertaine des hostilités, si nuisibles au bien-être des
États et si funestes au corps et à l'âme, le con-
jurant de se réconcilier avec Rodolphe.—Dans une
autre lettre, il lui dit de se prêter à un arrangement avec l'empereur, par l'intermédiaire de quelques amis, afin que le pape puisse rester son ami,
ne pouvant point abandonner Rodolphe, qu'il était
décidé à soutenir et à défendre à l'avenir par toutes
les voies de la justice.

Ces conseils paternels, ce langage si digne dans
la bouche du souverain pontife, loin de calmer
Ottocar, le rendirent furieux. Il menaça le pape

5..

d'en appeler au futur concile général, ne garda plus de mesure, et défendit aux évêques de ses États, de retour du concile de Lyon, de recueillir les dîmes qui avaient été accordées pour la croisade; il alla jusqu'à exiger d'eux un serment par lequel ils s'obligeassent à ne recevoir ni du pape ni de qui que ce fût des ordres contraires à ses intérêts.

Le pape ne pouvant plus se faire entendre d'Ottocar, personne en Allemagne n'eut plus d'empire sur lui; car au premier grief qui l'avait si vivement blessé, celui de son exclusion au collége électoral, s'en joignit un second qui envenima la plaie : Rodolphe refusa de reconnaître le roi de Bohême en qualié de duc d'Autriche, parce qu'Ottocar avait refusé de le reconnaître comme empereur. Rodolphe reprit aussi les anciennes prétentions de l'empire sur la Styrie et la Carniole, ce qui lui fut d'autant plus facile que la noblesse de ces provinces et les autres habitants, fatigués de la domination d'Ottocar, suppliaient l'empereur de les délivrer de ce joug, lui promettant de le seconder de toutes leurs forces dans cette grave entreprise.

Ottocar, après s'être d'abord montré bon et généreux envers ses sujets, finit par s'aliéner leur affection par des mesures vexatoires et même tyranniques, comme si la crainte était un bon moyen d'asseoir solidement une domination nouvelle. Il exerça des violences contre ceux qui lui étaient suspects et qu'on lui représentait comme hostiles à

son administration. Il fit jeter dans un sombre ca-
chot Othon de Messeau, un des seigneurs les plus re-
commandables de toute l'Autriche. Après l'avoir fait
languir longtemps dans cette affreuse prison, en
proie à toutes les horreurs de la faim, il le condamna à être décapité ; mais, comme ce seigneur
ramassa le peu de forces qui lui restaient pour se
débarrasser de l'exécuteur de cet ordre barbare, on
alluma autour de lui un tas de paille, et il périt
ainsi consommé par les flammes.

A cette même époque, Ottocar commença à déclarer la guerre aux châteaux de la noblesse autrichienne, et en fit démolir un grand nombre, ce qui
le rendit odieux à toute la province; car le peuple
épousa la cause des gentilshommes et poussa des
cris de rage contre le monarque. La noblesse de
Styrie, ayant formé une conspiration contre son
gouvernement, fut traitée de la même sorte, et cette
rigueur s'étendit même sur celle de la Bohême; de
sorte qu'on eût dit que la dureté et le despotisme
d'Ottocar s'agrandissaient avec les années ou avec
son pouvoir. Dans la crainte d'un soulèvement
général de ses nouveaux États, il demanda des
otages aux familles nobles et même à des villes ;
les personnages dont il appréhendait l'influence
furent bannis du royaume, sans qu'il leur fût
permis de demander à connaître les motifs de cette
rigueur.

N'ayant pas voulu se présenter à la diète de Nu-

remberg, Ottocar et le duc Henri de Bavière furent
de nouveau mandés de comparaître à celle de
Wurtzbourg; mais ils n'y allèrent pas. Rodolphe
porta la condescendance jusqu'à les appeler une
troisième fois à Augsbourg. Cette fois les deux
opposants ne jugèrent plus à propos de décliner
l'autorité de l'empereur. L'évêque Bernard de Seckau s'y rendit au nom du roi, et le prévôt d'Œttin-
gen y alla au nom du duc Henri, sans vouloir
toutefois entrer dans d'autres discussions, si ce
n'est de soutenir chacun le droit de son maître de
siéger au collége électoral. Non-seulement l'évêque
Bernard refusa de rendre à Rodolphe l'hommage
prescrit, mais il chercha à prouver, dans un discours latin, que ce prince n'était point l'empereur
réel et légitime d'Allemagne, étant sous le poids
d'une excommunication, faisant allusion à ce qui
a été rapporté plus haut au sujet d'un couvent de
religieuses détruit par les soldats de Rodolphe dans
l'attaque d'un des faubourgs de Bâle, excommunication que l'évêque de cette ville n'avait point
lancée. Il avait ajouté que les électeurs étaient de
même excommuniés, et n'avaient, par conséquent,
pas eu le droit d'élire Rodolphe de Habsbourg.

Ni l'empereur ni les électeurs ne comprenaient
le latin. Le monarque interrompit donc le prélat
et lui dit :

« Si vous avez quelque chose à démêler avec un
ecclésiastique, vous ferez bien de parler latin; mais

ici parlez la langue convenable pour que tout le monde puisse vous comprendre. »

Et comme il avait cru entendre prononcer le nom du pape, il ajouta qu'il ne devait point se bercer dans l'espoir de jamais indisposer le pape contre lui.

Mais lorsque les électeurs eurent entendu dire qu'on déclarait nulle l'élection qu'ils avaient faite et qu'on les traitait d'excommuniés, ils entrèrent dans une telle colère qu'ils purent à peine se contenir pour ne point mettre l'évêque à la porte. Mais ce prélat sortit précipitamment non-seulement de l'assemblée, mais encore de la ville d'Augsbourg, où il ne se crut plus en sûreté.

Cette conduite d'Ottocar irrita Rodolphe et les électeurs au point qu'ils prirent une décision portant que non-seulement les ducs de Bavière avaient, en cette qualité, voix au collége électoral, mais qu'à cause de sa désobéissance, Ottocar était mis au banc de l'empire. Rodolphe n'usa point de rigueur envers le duc Henri de Bavière, par égard pour son frère le duc Louis, espérant le ramener de ses préventions et l'attacher à sa cause.

A l'issue de la diète, le bourgrave de Nuremberg fut envoyé à la cour d'Ottocar pour annoncer à ce monarque qu'il eût à restituer à l'empire tout ce qu'il en tenait à titre de fief, comme ne s'étant pas présenté en temps opportun pour en recevoir l'investiture. Mais Ottocar, qui se confiait en ses forces

et qui croyait qu'il en serait encore comme autrefois de l'exécution des décisions de la diète, se moqua de cette injonction et resta en possession des
provinces qu'il avait réunies à son royaume. Rodolphe, voyant donc que la guerre était inévitable,
fit aussitôt ses dispositions, l'archevêque de Saltzbourg lui ayant mandé, au nom de tous les sujets
d'Autriche et des autres provinces, que tout se dis-
posait à se soumettre à son autorité et à secouer le
joug de la tyrannie d'Ottocar. En apprenant ces pré-
paratifs de guerre, Ottocar fit dire à Rodolphe que
l'Autriche étant la dot de sa femme, il ne la rendrait
jamais ; qu'ayant acheté la Carinthie, il la garde-
rait ; et que, quant à la Styrie et à la Carniole, si
quelqu'un s'avisait de les lui disputer, il trouverait
à qui parler ; que Rodolphe, ayant été vassal du roi
de Bohême, ne devait pas s'attendre à ce qu'un monarque de si haute et illustre maison vînt lui rendre
hommage, et qu'on lui apprendrait sous peu à obéir
au lieu de commander.

Rodolphe, de son côté, ne fit que rire de cette
vaine jactance et continua à se préparer à la guerre.
Ce monarque mettait alors une grande confiance
dans les lumières, les vertus et le zèle de Henri,
évêque de Bâle. Ce prélat était fils d'un simple ar-
tisan de la Souabe et ne dut son élévation qu'à son
mérite. Étant entré fort jeune dans l'ordre de Saint-
François, il s'y distingua par sa capacité, et Rodol-

phe, ayant été informé de ses qualités, le choisit pour son confesseur et son confident intime.

Cependant l'annonce de la guerre contre Ottocar ne paraît pas avoir produit un grand effet sur la noblesse allemande : car on lit dans une charte publiée par Rodolphe, le 26 septembre 1275, à Passaux, qu'il n'avait retenu autour de lui que les archevêques de Mayence et de Saltzbourg, les évêques de Wurtzbourg, de Ratisbonne et de Chiemsée, les deux frères Louis et Henri de Bavière, le landgrave Henri de Hesse, le magrave Henri de Burgau, le bourgrave Frédéric de Nuremberg, les comtes Albert de Hohenberg, Hugues Van-Werdemberg, de Leiningen de Katzenelbogen, de Spannheim, à peine la dixième partie des princes et des seigneurs de la vaste monarchie. La noblesse d'Alsace, de la Souabe et des provinces rhénanes fit le plus dans cette affaire. Il y avait peu de chevaliers de ces pays qui n'eussent combattu autrefois pour ou contre Rodolphe; tous savaient estimer sa valeur et brûlaient du désir de cueillir de nouveaux lauriers sous lui. Ils se rendaient avec d'autant plus de zèle à son appel qu'ils joignaient à leurs anciens souvenirs un sentiment d'orgueil national, Rodolphe étant né au milieu d'eux, sa cause devenant en quelque sorte la leur, et ils se croyaient obligés par l'honneur à la faire triompher.

Parmi les seigneurs qui marchaient sous les bannières de Rodolphe, celui dont la présence produisit un grand bien fut Henri, duc de la Basse-Bavière, qui s'était réconcilié avec son frère Louis, le 29 mai 1276, et, à cette occasion, aussi avec l'empereur. La défection de ce prince fut une grande perte pour le parti du roi de Bohême. Rodolphe se montra généreux, lui pardonna, lui donna l'investiture de ses domaines, et promit en mariage à son fils Othon la princesse impériale Catherine, avec la Haute-Autriche pour dot.

Le premier plan de Rodolphe fut d'entrer en Bohême et d'envoyer son fils Albert avec une autre armée en Autriche. Le comte Meinhard de Gorz et du Tyrol, dont la fille Elisabeth avait épousé ce même Albert, reçut ordre d'attaquer la Carinthie et la Carniole pour faire diversion. Comme il existait encore un germe de discorde entre Ottocar et le roi de Hongrie, Rodolphe en tira parti, fit une alliance avec ce dernier, et promit une de ses filles en mariage à André, frère du monarque. Rodolphe changea alors de plan, et, au lieu d'entrer en Bohême, il pénétra en Autriche par Ratisbonne et Passau. L'archevêque de Saltzbourg avait, peu de temps auparavant, fait publier du haut de toutes les chaires un mandement qui déliait du serment de fidélité envers Ottocar tous les sujets des provinces ajoutées à ses Etats par ce prince, menaçant de l'excommunication ceux qui entreprendraient quelque chose en faveur des Bohémiens. Cette mesure eut le plus

heureux résultat, et acheva de gagner le peuple à
la cause de Rodolphe.

Ce monarque réduisit en peu de temps toute l'Autriche sous son pouvoir, à l'exception des villes de
Vienne et de Kolsternenbourg. Cette dernière fut
bientôt prise. Rodolphe concentra alors toutes ses
forces autour de Vienne.

Cependant Ottocar avait assemblé ses troupes auprès de Topel et attendait merveille de leur nombre
et des dispositions qu'il avait prises. Il comptait
détruire facilement l'armée de Rodolphe dans les
forêts de la Bohême, et s'abandonnait avec une certaine indifférence au plaisir de la chasse, méprisant
son adversaire, qui lui était cependant bien supérieur en talents et en habileté. Mais lorsqu'il apprit
que le comte Meinhard s'était emparé, presque sans
coup férir, de la Carinthie, de la Styrie et de la Carniole, et était sur le point de se joindre avec ses
troupes à Rodolphe, qui assiégeait Vienne, il com-
prit qu'il s'était trompé dans ses calculs, et marcha
vers l'Autriche pour secourir cette capitale.

Vienne était défendue par une vaillante garnison,
commandée par Brunon, évêque d'Olmutz, et Paltram, son intrépide bourgmestre. Aux troupes qu'a-
vait amenées Meinhard de la Styrie se joignit encore un corps nombreux de Hongrois et de Cumanes
commandé par le roi Ladislas en personne; de sorte
que Rodolphe se vit bientôt à la tête d'une armée
puissante réunie sous les murs de Vienne. Comme

l'empereur menaça les Viennois de faire brûler leurs maisons de campagne et dévaster leurs propriétés, le peuple s'attroupa, jeta des pierres contre la maison du bourgmestre, et le menaça d'une mort atroce, lui et les siens, s'il ne rendait la ville à Rodolphe. Mais Paltram ne se laissa pas intimider par les clameurs de cette vile populace; il fit saisir et fustiger les plus mutins, et les autres rentrèrent dans l'ordre. Il continua à défendre la ville, espérant être bientôt secouru par le roi de Bohême. Ottocar était, en effet, arrivé avec son armée aux environs de Vienne, et prit possession sur la rive gauche du Danube, où il se crut à l'abri de toute attaque, protégé par ce fleuve, qui, en cet endroit, est fort rapide et très-large. Mais Rodolphe fit jeter sur le Danube un pont avec les bateaux qu'il avait conduits avec lui, comme autrefois devant Bâle, et se prépara à attaquer Ottocar dans son camp. Les Bohémiens, qui n'avaient jamais vu de pont construit avec une telle rapidité sur un fleuve si large, perdirent courage. Le roi, connaissant les nombreuses troupes dont pouvait disposer Rodolphe, et craignant une défaite, se prêta aux ouvertures que lui fit à ce sujet l'évêque d'Olmutz, et permit à ce prélat d'entrer en pourparlers avec Rodolphe pour travailler à l'établissement d'une paix convenable. Celui-ci s'adjoignit le margrave Othon de Brandebourg et se rendit au camp de Rodolphe. L'empereur nomma, de son côté, l'évêque Bertold de Wurtzbourg et le duc Louis de Bavière. Les quatre commissaires se réunirent le 24 novembre 1276. La proposition fut rédigée et porta :

« Le roi de Bohême et ses adhérents sont relevés du ban de l'empire, de l'excommunication, de l'interdit et de la déposition, et de tout autre sentence prononcée contre eux.

» Il doit être établi entre l'empereur et le roi de Bohême une paix solide, une harmonie parfaite et une réconciliation sincère, et dans cette réconciliation sincère seront compris les serviteurs des deux monarques, quels qu'ils soient, de sorte qu'on leur restitue leurs biens, châteaux, forteresses et vassaux qui leur auront été enlevés.

» Le roi de Bohême renoncera sans condition et d'une manière formelle, aux provinces et peuples sur lesquels il avait ou prétendait avoir des droits Par contre, l'empereur rendra au roi de Bohême e à ses enfants, tous les fiefs, savoir : la Bohême et la Moravie, et tous les autres que ses ancêtres et lui avaient reçus de l'empire, et dont ils avaient joui de droit jusqu'à ce jour.

» Pour mieux cimenter cette paix, le prince royal de Bohême épousera une princesse impériale, et un des princes impériaux épousera une princesse royale de Bohême.

» L'empereur accordera sa grâce à la ville de Vienne et à tous ses bourgeois, aux ecclésiastiques de l'Autriche et de la Styrie, et ne permettra pas que leurs biens soient attaqués, qu'ils soient eux-mêmes molestés ou tourmentés. Enfin, dans cette paix sera compris le roi de Hongrie; ce que ce monarque a enlevé au roi de Bohême, tant en biens, châteaux, forteresses, droits et gens, lui sera restitué, et réciproquement le monarque bohémien s'engage à la même chose envers lui. »

Telles sont en substance les clauses de cette paix, qui rétablit pour quelque temps l'ordre en Allemagne et la concorde entre les parties belligérantes.

Par suite de cette réconciliation, le roi Ottocar se rendit au camp de Rodolphe, demanda, à genoux, pardon de ce qui s'était passé, renonça à l'Autriche et aux autres provinces nouvellement réunies à ses Etats, et l'empereur lui donna l'investiture de la Bohême et de la Moravie; ceci se passa le 25 novembre 1276. Mais, pour que cette renonciation si importante aux yeux de Rodolphe et de l'empire ne pût plus fournir, à l'avenir, matière à contestation, Rodolphe s'en fit donner un acte solennel, souscrit par l'évêque Léon, de Ratisbonne, le palatin de Bavière et le landgrave de Hesse, et sur lequel tous trois apposèrent le sceau, dans l'intention de le produire en cas de besoin. Ce nouvel acte est daté du 30 novembre de la même année. Ces seigneurs attestèrent, sur leur honneur, avoir assisté en personne, tant à la renonciation susdite d'Ottocar aux provinces en questions qu'à l'investiture des autres pays que lui donna l'empereur.

Rodolphe fit ensuite son entrée solennelle dans Vienne, au milieu des cris de joie des habitants. Il confirma la ville dans tous ses droits et priviléges, et accorda un pardon général au bourgmestre Paltram, ainsi qu'à tous les autres bourgeois qui étaient restés fidèles à Ottocar ; mais il demanda aux Viennois une contribution forcée pour frais de la guerre : chacun paya trente deniers par arpent de vignes. Les habitants ne s'en plaignirent point, car Rodolphe réunit, au mois de janvier 1277, au couvent des Récollets, une foule de seigneurs, parmi lesquels se trouvèrent l'archevêque de Saltzbourg, les évêques de Bamberg, de Chiemsée, de Frisingen, de Gurk, de Passau, de Ratisbonne, de Seckau et de Trente, ainsi que le duc Louis de Bavière, le comte Meinhard de Gorz et du Tyrol, le bourgrave de Nuremberg, et beaucoup d'autres, pour restituer à leurs anciens possesseurs les fiefs de l'empire et de l'Eglise, qui leur avaient été enlevés par suite des événements ci-dessus mentionnés. Rodolphe publia un édit par lequel les Juifs étaient déclarés serfs de la chambre impériale comme ils l'avaient été autrefois, les juges ordinaires des villes n'ayant aucune juridiction sur eux. On reconnut, à cette occasion, que les Israélites possédaient non-seulement des maisons, mais encore des terres en grand nombre.

Les princes de l'empire, voyant la guerre terminée, crurent pouvoir se retirer chez eux ; mais Rodolphe, qui jugea autrement qu'eux, retint auprès de lui la noblesse de Souabe, de Franconie et des provinces rhénanes, afin d'être à même de parer à tout événement et de soutenir ses droits sur les pays qui venaient d'être réunis à l'empire. L'avenir prouvera qu'il avait agi très-prudemment; d'autre part cependant il aurait presque perdu l'amour et l'affection de ses nouveaux sujets. La noblesse, avant de quitter Vienne, demanda à être payée, et les fonds manquaient à Rodolphe pour satisfaire à tant d'exigences. Il s'adressa donc à l'archevêque de Saltzbourg et aux autres évêques, les priant de venir à son secours. Ces prélats accédèrent à son désir et lui fournirent une assez forte somme, qui toutefois ne suffit point: l'empereur fut donc obligé d'imposer tout le pays, et, pour calmer un peu l'irritation que produisit cette mesure, nécessitée par les circonstances, il publia une amnistie générale pour cinq ans, défendant, sous des peines très-sévères, toute attaque et agression violente. Il permit aussi à tous ceux dont Ottocar avait fait démolir les châteaux de les rebâtir, et abolit la gêne que ce même prince avait imposée à une foule de seigneurs, les empêchant de fortifier les villes et les donjons de leurs domaines; ceci prouve combien était grande la puissance de la noblesse à cette époque, et quelle prudence Rodolphe fut obligé d'employer pour ne point blesser des hommes des bras desquels il avait besoin pour consolider son pouvoir.

Pour prévenir les inconvénients d'un interrègne,

au cas où lui-même vînt à mourir, Rodolphe publia un édit par lequel il investit du pouvoir de commander dans ces provinces le duc Louis de Bavière, ne négligeant cependant pas de recommander ses propres fils en les faisant voyager dans ces pays, pour qu'ils pussent gagner la confiance des grands et du peuple. Les anciens ducs y avaient tenu des fiefs considérables de l'archevêque de Saltzbourg et des évêques de Passau, de Freisingen et de Bamberg; il eut soin de les demander pour ses trois fils Albert, Rodolphe et Hartmann; un quatrième, qu'il avait eu aussi et qui se nommait Charles, mourut quelques semaines après avoir reçu le jour. En juin 1277, l'impératrice Gertrude, qui prit le nom d'Anne depuis l'élévation de Rodolphe au trône impérial, arriva à Vienne et fut reçue avec de grands honneurs. Les bourgmestres et les principaux bourgeois de la ville lui donnèrent plusieurs fêtes brillantes et lui montrèrent toutes les curiosités de la cité. Une affluence considérable de peuple vint saluer la princesse, qui se montra si affable et si prévenante qu'elle gagna tous les cœurs. Ottocar, de son côté, la fit complimenter, lui exprima son désir de vivre en paix avec l'empereur, et se recommanda à sa bienveillance particulière; mais ces complimen\ts et ces vœux ne partaient pas du cœur; car il n'eut pas plutôt signé l'instrument de la paix qu'il s'en repentit. Il ne put oublier l'affront qu'il avait été obligé de dévorer en s'agenouillant devant le pour-

point gris, comme il se plaisait à appeler Rodolphe,
et pour lequel il professait un certain mépris. Sa
fille, qu'il avait eue d'une descendante de la famille
des Kenenriger, avait épousé Henri de Weitra, gentilhomme bohémien. Celle-ci annonça un jour à son
père que les Viennois étaient mécontents de l'administration de Rodolphe, et qu'il serait facile de sou-
lever une partie de l'Autriche contre lui. Cette pré-
tention ne reposait sur aucun autre fondement que
les clameurs de quelques mécontents obscurs, auxquels le changement de domination ne convenait
point et qui s'étaient attendus à voir couler le lait et
le miel sous le règne du nouvel empereur, archiduc
d'Autriche.

La fière Cunégonde, épouse d'Ottocar, empoison-
nait l'existence de cet époux trop crédule, en lui
faisant de continuels reproches sur la facilité avec
laquelle il avait renoncé aux provinces que Rodolphe lui avait arrachées, disait-elle, plutôt par surprise que par la force des armes. Elle le flagellait
sans cesse par de sanglantes ironies, et portait jusqu'à la cruauté les remontrances qu'elle lui faisait.

Un jour qu'elle venait de décocher contre lui les
traits des plus mordantes railleries, il s'écria dans
un violent accès de colère : « Ce ne serait pas à
vous, méchante, à me dire ce qu'il me faudra faire,
mais je ne puis faire autrement, il faut que je me
venge. » Il prit aussitôt des mesures pour parvenir
à ce but. Il refusa de rendre les otages selon la

convention, et persécuta de mille manières ceux
d'entre ses sujets qui s'étaient permis de prononcer
çà et là quelques paroles en faveur de Rodolphe, ou
qui lui avaient prêté quelques secours. Au lieu de
restituer à d'autres la partie de biens qu'il leur avait
retenue, il leur enleva ce qu'ils possédaient encore,
quoique le traité de la paix l'obligeât à leur rendre
toutes leurs possessions. De nouvelles difficultés
surgirent aussi au sujet des limites entre les deux
pays. Plusieurs seigneurs autrichiens s'étaient emparés de biens situés en Bohême; des Bohémiens
s'étaient de même saisis de domaines situés en Autriche : les uns et les autres refusèrent de les rendre, et une guerre parut inévitable. Mais Ottocar se
ravisa, et, écoutant les conseils de quelques-uns
des confidents, surtout ceux de l'évêque Brunon
d'Olmutz, il se prêta à un nouvel arrangement, par
lequel il fut convenu que les prisonniers et les otages des deux partis seraient rendus sans rançon
aucune; que tous les biens faisant partie du domaine de l'Autriche, de la Moravie et de la Bohême,
seraient rendus sur-le-champ à leurs possesseurs
légitimes; que les limites des deux Etats seraient
les mêmes qu'elles avaient été sous les ducs Léopold et Frédéric; que tous ceux qui s'étaient déclarés pour Rodolphe, tant de la Bohême que de la
Moravie, seraient compris dans cette paix, et qu'Ottocar leur restituerait tout ce qu'il leur avait enlevé
soit avant, soit après la guerre; ce que Rodolphe

6

promit de faire aussi à l'ogard des habitants de la
Styrie et de la Carinthie, qui avaient suivi le parti
d'Ottocar. Quant aux mariages stipulés dans le
traité, Rodolphe consentit de nouveau à donner une
de ses filles au fils du roi de Bohême; mais, au lieu
de lui assigner pour dot la partie de l'Autriche située au-delà du Danube, il céda Eger avec ses dépendances en place de nantissement pour 10,000
marcs. Ce traité est au 6 mai 1277.

VII

MORT D'OTTOCAR.

Rodolphe, qu'une nouvelle guerre effrayait, crut avoir pleinement satisfait son adversaire par ce nouvel arrangement; mais il eut bientôt lieu de se convaincre qu'il s'était trompé. Ottocar avait sur tout été mortifié de voir qu'une foule de ses sujets de la Bohême avaient pris du service dans les rangs de Rodolphe, et qu'ils continuaient à lui rester fidèles, même après la guerre. Il commença à les molester. Rodolphe se plaignit de ces tracasseries. Le bourgrave Frédéric de Nuremberg et son propre fils, Albert, firent un nouveau traité, le 7 septembre de la même année, par lequel Ottocar s'engagea de nouveau à recevoir avec bienveillance ses sujets de Bohême et de Moravie; il promit même par serment de leur pardonner et de ne jamais chercher à s'en venger.

Malgré cette protestation, Ottocar ne put s'empêcher de leur faire sentir les effets de sa haine et d'attaquer même leurs biens. Rodolphe s'en plaignit officiellement par des lettres, et le roi de Bohême lui répondit « qu'il n'avait jamais su que ceux que Rodolphe nommait ses serviteurs étaient compris dans le traité de paix; que si on avait promis de telles choses, on avait outre passé les pouvoirs donnés par lui à cet effet, qu'il n'entendait pas avoir moins de pouvoir sur ses sujets que n'en avaient ses prédécesseurs. »

Quoique, dans cette réponse, Ottocart priât l'empereur de ne pas écouter ses ennemis, qui cherchaient à lui nuire, ainsi qu'à ses descendants, cette lettre était cependant conçue de manière à ressembler plutôt à une déclaration de guerre qu'à un acte fait pour lui concilier la bienveillance du monarque. Rodolphe en jugea ainsi, et prit aussitôt ses mesures pour ne pas être surpris. Il arma donc; mais il se voyait presque seul : toute la noblesse s'était retirée de sa cour. Il écrivit aussitôt des lettres pressantes à tous les princes de l'empire, les priant de lui envoyer des troupes; mais on ne s'empressa pas de répondre à son attente : les seigneurs étaient divisés d'intérêts ; quelques-uns avaient épousé la cause d'Ottocar, et ne firent rien pour Rodolphe.

Le roi de Bohême ne négligea rien pour renforcer son parti : il prodigua ses trésors, fit des promesses magnifiques à ses amis et à ses vassaux, et vit son armée se grossir chaque jour d'une multitude de soldats attirés par l'espoir du butin. Le duc Henri, de la Basse-Bavière, l'archevêque de Cologne, Casimir, roi de Pologne, Léon, prince russe, les ducs de Calisch et de Glogau, lui envoyèrent des troupes nombreuses ; d'autres arrivèrent de la Thuringe, de la Misnie, de la Marche de Brandebourg ; de sorte qu'Ottocar se vit à la tête d'une armée plus nombreuse que celle que pouvait lui opposer l'empereur.

Celui-ci reçut des renforts que lui envoyèrent les évêques de Passau, de Ratisbonne, de Freisingen, de Trente, de Gurk, de Lavant, de Chiemsée, de Seckau, et l'archevêque de Saltzbourg. Ces prélats montrèrent d'autant plus d'empressement à seconder Rodolphe qu'ils avaient lieu de tout craindre, et pour leurs personnes et pour leurs diocèses, si Ottocar triomphait. L'évêque de Bâle envoya aussi cent cavaliers, qui furent d'un grand secours pour l'empereur. Deux seigneurs puissants figurent seuls au nombre des auxiliaires de Rodolphe : Albert, duc de Saxe, et Louis, duc de Bavière ; mais le premier ne se rendit auprès du monarque que pour traiter de quelques affaires, et le duc Louis paraît avoir un peu ralenti la marche de ses troupes pour attendre l'issue des événements.

Rodolphe n'était pas trop rassuré, dans le principe, en comptant ses troupes et en comparant le petit nombre de ses défenseurs avec ceux que la renommée publiait avoir pris le parti de son adversaire, lorsqu'enfin arrivèrent les comtes Albert et Meinhard du Tyrol et de Gorz, les margraves du Burgau et de Bade, le comte Eberhard de Katzenelnbogen, Frédéric de Leiningen, le bourgrave Frédéric de Nuremberg, le comte Henri de Furstenberg et d'Ortenbourg, et plusieurs autres.

Si Ottocar avait su profiter de l'avantage que lui donnait le nombre de ses soldats, il aurait mis Rodolphe dans un cruel embarras. Il partit de Prague à la fin de juin 1278, et s'il se fût dirigé aussitôt sur Vienne, l'empereur eût été obligé de s'enfuir dans les montagnes de Styrie et d'abandonner l'Autriche. Ottocar avait trouvé moyen de rattacher à son parti la puissante famille de Paltram, qui avait ourdi une conspiration dans Vienne même. Fier de voir réunis tant de braves sous ses bannières, et comptant sur un succès infaillible, le monarque bohémien se vantait de marcher de victoire en victoire, et, ne voulant rien laisser qui pût l'inquiéter sur son passage, il s'attacha à faire le siége de la petite ville de Drosendorf, qui lui opposa une vigoureuse résis-

tance, et qu'il finit par réduire en cendres. Ce re-
tard sauva Rodolphe. Il en profita pour déclarer
Vienne ville libre, la confirma dans tous les droits
et priviléges que lui avait déjà accordés Frédéric II,
y ajouta des faveurs plus étendues encore, et s'assura à jamais de la fidélité des Liennois. La conspiration de Paltram fut découverte; ce bourgmestre
fut condamné à mort, ses fils mis au ban de l'empire, ses biens confisqués, et tous les conjurés, à
l'exception de deux, punis.

Rodolphe renouvela aussi son ancienne alliance
avec le roi de Hongrie, qui lui envoya des troupes;
il en reçut aussi de la Styrie, de la Suisse, de la
Carinthie et de la Carniole; mais son armée resta
toujours de beaucoup inférieure à celle d'Ottocar.
Pour cacher un peu l'inquiétude qui le dévorait au
sujet de la bataille, il montra beaucoup d'assurance,
releva le courage de ses soldats, et les traita avec
une grande bienveillance. Il fit de touchants adieux
à son épouse consternée et aux Viennois, au courage desquels il la confia, passa le Danube auprès
de Heimbourg, et s'avança à la rencontre d'Ottocar.

Les deux armées se rencontrèrent bientôt, et
prirent position à une petite distance l'une de
l'autre.

La veille du combat, Rodolphe reçut avec une
grande ferveur la sainte communion, et resta long-
temps en prières, prosterné devant l'autel, et con-

jurant le Dieu des armées de bénir ses efforts, ne devant combattre que pour son droit et pour la justice. La bataille eut lieu le 26 août 1278. Dans l'avant-garde, il avait placé les Hongrois et les Cumanes, dont la manière de combattre étendait le champ de bataille jusqu'à Durrenkrut et Idungspeigen. Les Autrichiens formaient l'arrière-garde, commandée par le vieux Henri de Lichtenstein, illustré par cent combats auxquels il avait pris part. La bannière autrichienne était portée par le grand-juge de la province, Othon de Haslau, vieillard centenaire, qui ne voulut céder à personne l'honneur de combattre encore pour le bon Rodolphe. Le comte de Hochberg conduisait l'aigle impériale, et Pierre de Mulinen portait le lion de Habsbourg.

Rodolphe se plaça au centre ; à ses côtés marchait son fils Albert, portant la bannière de la croix. La réserve était confiée à Ulrich de Capellen, qui prit position sur une hauteur pour tout observer et se porter là où l'appellerait le besoin du moment.

Ottocar conserva de même une réserve ; mais il commit la faute de la confier à Milota, de la famille des Rosenberg, que ce monarque avait cruellement offensée par des meurtres et du déshonneur, et qui ne soupirait qu'après le moment d'une vengeance éclatante. Du reste, il avait partagé son armée en six corps, et s'était placé au centre des Bavarois et des Brandebourgeois, qu'il espérait animer par son exemple. On se battit pendant plusieurs heures avec un acharnement incroyable. La victoire flotta long temps incertaine. Ottocar, stimulé par la honte, les souvenirs du passé et les craintes de l'avenir, fit des prodiges de valeur (Rodolphe lui-même lui rendit cette justice dans une lettre adressée plus tard au pape); mais il ne put empêcher ses troupes de subir une défaite. Les Autrichiens s'ouvrirent un large passage à travers les rangs des Bohémiens , et jonchèrent de morts le champ du carnage. Voyant le danger qui menaçaient les siens , Ottocar, décidé à périr plutôt que de céder la victoire , fit appeler sa réserve. Déjà plusieurs bataillons de Russes , de Polonais et de Bohémiens avaient trouvé la mort dans les flots; la confusion s'était mise dans leurs rangs , lorsque Milota, prévenu par un émissaire du roi , s'ébranla; mais ce ne fut point pour voler au secours d'Ottocar. Ne se souvenant, à ce moment suprême, que des motifs de la haine que sa famille avait vouée au monarque, il fit sonner la retraite et s'enfuit avec ses troupes, en poussant de grands éclats de rire, abandonnant ainsi Ottocar au moment du danger. Cette fuite précipitée de Milota produisit un terrible effet sur les soldats du roi de Bohême : la démoralisation fut complète, la bataille perdue.

Rodolphe, mû par un sentiment d'humanité, envoya des estafettes à toutes les compagnies qui se battaient encore, pour leur dire de cesser le carnage, puisque le sort de la journée était décidé. Il voulait faire arrêter l'effusion du sang ; mais il faillit être

5..

victime de sa générosité. Ottocar, dans un moment
de délire, n'avait pas rougi de mettre à prix la tête
de l'empereur. Un chevalier de la Thuringe, et Her-
bot, de Fullestein, un homme d'une force hercu-
léenne, essayèrent de le gagner. Ils avaient, pendant toute la mêlée, cherché à s'approcher de Rodolphe, et, croyant avoir trouvé un moment favora-
ble, ils fondirent tout-à-coup sur lui et tuèrent son
cheval. Rodolphe, quoique alors âgé de soixante
ans, perça de son épée le géant de Fullenstein ; le
chevalier tomba sous les coups de ceux qui accoururent au secours de l'empereur. Quand on apprit,
plus tard, cette déloyauté, un cri d'indignation s'é-
leva de toutes parts contre Ottocar.

Celui ci avait été témoin de la défaite des siens.
tout avait fui, lui seul restait encore, se débattant
avec un courage héroïque. Mais, ayant enfin acquis
la triste certitude que toute résistance serait désormais inutile, il s'enfuit à bride abattue. Deux chevaliers styriens le suivirent sur des chevaux qu'on
avait ménagés. Deux gentilshommes, qui l'accom-
pagnaient, tombèrent percés de coups ; d'autres,
qui s'étaient ralliés autour de lui, l'abandonnèrent.
Ottocar pâlit à la vue du jeune Seyfried de Mahren-
berg, dont il avait autrefois fait mourir le père dans
les plus violents tourments.

— Rappelle-toi la mort de mon père ! lui dit

avec l'accent de la plus profonde émotion le jeune chevalier.

Ottocar promit une forte rançon si on voulait le relâcher.

— Non ! s'écria Schenk d'Emmerberg, non, il n'y a pas de grâce pour un scélérat tel que toi : tu as fait jeter dans les fers tant d'innocents, tu t'es joué de leur vie comme d'une vile poussière ; c'en est fait , il faut que tu meures.

Ils l'arrachent aussitôt de son cheval , le renversent par terre, malgré sa vigoureuse défense , et le percent de dix-sept coups, puis retournent à l'armée sans dire un mot de l'action qu'ils venaient de commettre. Le lendemain , on trouva Ottocar horriblement défiguré et presque nu; car les pillards qui suivaient, à cette époque, les corps d'armée, lui avaient enlevé, pendant la nuit, ses armes et ses habits, de sorte qu'on ne le reconnaissait presque plus. Son corps fut transporté d'abord à Marcheck, et de là au couvent des Ecossais , près de Vienne. Le lendemain, on le porta, au milieu d'un immense concours de peuple, chez les frères mineurs , mais sans sonner et sans allumer de cierges à ses obsèques , parce qu'il était mort excommunié; il y fut déposé et embaumé. Il resta là pendant trente semaines , jusqu'à ce qu'enfin des députés bohémiens vinrent le chercher pour l'inhumer à la cathédrale de Prague. Paltram Wazo se plaint, dans sa Chronique, de ce qu'on ait *vidé un si grand prince comme un poisson !*

De retour à Vienne, Rodolphe s'occupa du soin d'assurer à sa maison les provinces dont la conquête lui avait coûté tant de peines et l'avait exposé à de si grands dangers. Pour obvier à toutes les difficultés qui pourraient s'élever par la suite au sujet des fiefs que le duc Frédéric avait possédés dans ces pays, il réunit une assemblée de princes, de comtes et de grands de l'empire, qui déclarèrent que celui que l'empereur voudrait investir de ces fiefs les posséderait avec tous les biens et droits y attachés, tels que les avait possédés ledit Frédéric, à condition toutefois que tous ceux qui croiraient y avoir des prétentions fondées seraient tenus d'en faire la déclaration officielle devant les tribunaux. Avant tout, il chercha à obtenir le consentement des électeurs à ce plan, et il finit par l'obtenir. Le duc Louis de Bavière dit, dans sa lettre adressée à cet égard à Rodolphe, que ce monarque doit avoir le pouvoir de donner en fief à ses fils légitimes, et quand cela lui sera agréable, les provinces qu'il a acquises au prix de ses travaux et même de son sang.

Cette affaire étant donc ainsi préparée d'avance, Rodolphe convoqua une diète solennelle à Augsbourg, le 27 décembre 1282, et y investit ses deux fils, Albert et Rodolphe, des duchés d'Autriche, de Styrie, de Carniole et de la Marche, avec tous leurs droits et dépendances, tels qu'en avaient joui les anciens ducs Léopold et Frédéric. Il leur donna en même temps la Carinthie; mais ils lui en remirent la possession, et Rodolphe en investit, en 1286, le comte Meinhard du Tyrol.

VIII

MORT DE RODOLPHE.

On pourrait dire que Rodolphe ne commença à
régner, à s'occuper activement du bonheur de ses
sujets, qu'après avoir terminé les affaires d'Italie;
car c'est de cette époque que datent les mesures
vigoureuses qu'il prit pour assurer le bien public et
introduire les réformes nécessitées par l'état pré-
caire dans lequel se trouvait l'empire. En quittant
l'Autriche, il fit de tendres adieux aux habitants de
Vienne, les remercia du zèle et de l'attachement
qu'ils lui avaient témoignés pendant à peu près cinq

ans qu'il passa au milieu d'eux, et leur recommanda ses enfants. Nulle part le monarque n'avait fait un aussi long séjour qu'à Vienne : il s'était plu dans cette ville; la franchise et le caractère aimable des Viennois avaient captivé son cœur.

Il se rendit à Nuremberg, où il tint, en 1231, une diète, à laquelle il proclama une trève générale pendant cinq ans. Les évêques, les comtes, les barons, les seigneurs et villes de la Franconie furent obligés de promettre, par serment, de la maintenir: ce fut là le seul moyen de rétablir la paix de Nuremberg; il a la à Mayence, où il publia la trève déjà imposée, en 1235, par Frédéric II, à tous les électeurs; princes, comtes et seigneurs habitant les provinces le long du Rhin, depuis Constance jusqu'à Bologne. La Bavière et la Souabe furent obligées d'accéder à cette trève en 1288. Mais, pour obtenir l'exécution plus stricte de cette mesure, Rodolphe nomma des juges dans les différentes provinces, avec mission de veiller sur la paix publique et de lui faire connaître toutes les infractions que se permettraient quelques seigneurs turbulents et mécontents de cet état de choses, se réservant de les châtier selon la gravité du délit. Cet emploi fut quelque fois confié aux baillis impériaux et aux bourgraves déjà investis de la confiance du monarque.

Mais Rodolphe ne borna pas à cela seul son zèle pour le bien public : il fit de fréquents voyages dans les provinces; et si l'on ne savait pas par ses signatures, opposées à une foule d'actes et de chartres, qu'il les fît, on serait tenté de les révoquer en doute; car l'empereur était déjà dans un âge assez avancé, et aurait eu besoin de repos, au lieu de s'exposer aux fatigues de si longs voyages.

Une des clauses de cette trève portait que personne ne pouvait avoir de château-fort dès que le pays devait en souffrir. C'était une des grandes plaies de l'Allemagne, et cette plaie avait pris une extension assez considérable sous les monarques précédents. Rodolphe ordonna donc à ses baillis de prendre et de faire démolir tous les châteaux qui ne servaient qu'à cacher des ennemis du peuple, des hommes injustes, rapaces, spéculant sur le malheur des autres, et portant souvent le fer et le feu dans les habitations paisibles du cultivateur. Il en assiégea et prit lui-même quelques-uns, surtout en Souabe, où il assiégea, en 1284, cinq donjons, qui furent rasés. Il fit de nobles efforts pour rétablir la concorde entre la noblesse, qui comptait dans ses rangs des hommes turbulents et sans cesse disposés à exercer des rapines.

Un de ceux dont l'histoire a plus particulièrement flétri le nom fut le comte Eberhard de Wurtemberg, dont la devise était : *Ami de Dieu, ennemi de tout le monde.* Rodolphe l'avait déjà exhorté plusieurs fois à la paix, mais il n'en obtint que des promesses vagues : ce seigneur recommença ses attaques. Pour lui donner une bonne leçon, l'empereur alla, en

1286, mettre le siége devant Stuttgard, sa capitale, ayant déjà pris et ruiné plusieurs de ses châteaux. Il continua à bloquer la ville jusqu'à ce qu'Eberhard vint lui faire ses excuses, implorer sa clémence et demander pardon de ses fautes. La condition principale de la paix que fit Rodolphe avec le comte fut très-humiliante pour ce dernier. Eberhard fut obligé de rendre à discrétion sa capitale, pour qu'on pût en démolir les fortifications et en raser les murailles; en outre, de céder au margrave Henri de Burgau les châteaux de Wittlingen et de Rems et plusieurs autres, pour y tenir garnison et empêcher par là le comte de Wurtemberg de recommencer la guerre. Mais Eberhard ne resta pas tranquille, et fit mine de reprendre ce qui lui avait été enlevé. Alors Rodolphe reprit les armes et se mit en marche contre lui, lorsque l'archevêque Henri, de Mayence, parvint à opérer une réconciliation entre les deux.

L'empereur détruisit plus de soixante et dix châteaux dans les provinces rhénanes seulement. Il paraît que le nombre de ces châteaux était prodigieux : Schoepflin, dans son *Alsatia illustrata*, en compte près de trois cents situés dans cette seule province, soit sur la crête des Vosges, soit dans la belle plaine qui avoisine le Rhin.

Dans ces voyages, Rodolphe rendait la justice partout où il se trouvait, et souvent même il choisit les contrées où il savait que les partis étaient en présence, prêts à se déchirer. Il convoquait aussi

7.

les seigneurs belligérants, examinait leurs plaintes et prononçait la sentence : si l'un des partis ne voulait pas se soumettre, il se joignait à celui dont la cause lui paraissait la plus juste, et forçait l'autre à accepter les conditions dictées ; et quand il ne pouvait se rendre en personne dans les villes où se débattaient les affaires litigieuses, il envoyait un commissaire pour juger à sa place.

L'Alsace appela surtout son attention. La nombreuse et puissante noblesse de cette province, qui était si chère au monarque, parce qu'il y était né, était souvent en guerre. Les habitants de Mulhausen s'entr'égorgèrent ; les nobles de Giersberg s'emparèrent de Turkheim, ceux de Rappolstein prirent Colmar et pillèrent quelques domaines de l'évêque de Bâle, et des brigands s'établirent dans les donjons de Schoneck et de Reichenstein. Ces désordres rappelèrent Rodolphe en Alsace. Dès son arrivée à Strasbourg, il réunit autour de lui une foule de seigneurs, prit Schoneck et Reichenstein, qu'il fit raser, nomma son fils Rodolphe landgrave d'Alsace et duc de Souabe, marcha ensuite contre un imposteur qui s'était fait passer pour Frédéric II, et qui fut condamné au feu.

En cherchant à rétablir partout l'ordre et la paix, Rodolphe n'oublia pas les droits de l'empire et tout ce qui pouvait rendre la majesté impériale plus respectable aux yeux des peuples. Comme le fisc avait beaucoup souffert par les spoliations que s'étaien'

permises les tyranneaux des provinces, peu contents
le vexer les sujets, mais s'attaquant encore aux
domaines de l'Etat, Rodolphe s'appliqua à faire restituer tout ce qui en avait été détaché violemment.
Déjà, en 1276, il avait forcé le margrave de Bade,
Rodolphe I, le comte Eberhard de Wurtemberg et
le comte de Fribourg, à rendre les biens de l'Etat,
qu'ils avaient réunis à leurs domaines privés. En
1277, il chargea de même l'électeur de Saxe, le duc
de Brunswick, et, après la mort de ce dernier, le
margrave de Brandebourg, de faire rentrer à l'État
les domaines situés en Saxe et dans la Thuringe,
particulièrement dans les villes impériales de Lu-
beck, de Goslar, de Mulhausen et de Nordhausen.
Rodolphe ne ménagea pas même à cet égard les
évêques et les églises, répétant souvent ces paroles :
« *Suum cuique*. A chacun le sien. » Souvent aussi
il paya les arbres pour racheter les domaines alié-
nés; mais ses ressources pécuniaires ne lui permi-
rent pas toujours de faire tout ce qu'il aurait désiré
accomplir.

Rodolphe ne pardonna surtout pas aux princes
étrangers d'entamer les terres de l'empire. Lors
donc que le comte Raynand de Montbéliard retint à
l'évêque de Bâle la ville de Porentrui, et se permit
de faire, de son château de Melan, des excursions
sur les domaines de ce prélat, pour y commettre des
exactions et des pillages, l'empereur alla, en 1283,
mettre, de concert avec l'évêque, le siége devant

7..

Porentrui, qu'il prit, et força ensuite le comte à faire la paix avec le prélat. Mais, comme le comte recommença plus tard ces attaques et gagna à ses intérêts le comte de Ferette et celui de Bourgogne (qui tenait plus à la France qu'à l'Allemagne), Rodolphe assembla une armée, en 1289, et entra ensuite en Franche-Comté, et alla assiéger Besançon. Le roi de France, Philippe le Bel, lui fit dire de ne pas s'avancer davantage dans le pays ; mais l'empereur donna une courte audience à ses ambassadeurs et continua le siége.

Les comtes alliés avaient aussi joint leurs troupes ; le Doubs séparait les deux armées. Rodolphe leur présenta plusieurs fois la bataille ; mais ils refusèrent toujours, espérant voir à chaque instant des troupes françaises marcher à leurs secours : comme ces troupes n'arrivèrent pas, les comtes prirent le parti de quitter leur position. Ils firent faire des ouvertures à Rodolphe par le comte de Châlons. L'empereur ne rejeta pas leurs propositions, et leur accorda la paix sous condition de se rendre en personne à Bâle, ce qu'ils firent, pour recevoir en fief de Rodolphe leur pays et leurs domaines. Le comte de Montbéliard fut obligé de payer 8,000 marcs d'argent pour les frais de la guerre et pour indemniser l'évêque de Bâle des pertes qu'il lui avait fait éprouver.

Rodolphe força aussi le comte de Savoie à restituer à l'empire plusieurs contrées qu'il avait usurpées, entre autres Morat , Condamine et la prévôté de Payerne. L'empereur Richard avait, à la vérité, accordé à titre de fief la seigneurie de Condamine au dit comte ; mais Rodolphe la réclama, partant du principe que tout ce qui avait été distrait de l'empire depuis l'époque du concile général de Lyon où Frédéric II avait été excommunié , sans le consentement de la majorité des électeurs, devait être considéré comme nul et non avenu.

Quoique la situation de l'Allemagne ne se présentât pas encore sous un aspect assez imposant pour donner de la considération à l'autorité de l'empereur en Italie , Rodolphe essaya cependant d'y relever un peu la majesté de son trône. Quoiqu'il eût formellement renoncé à l'exarchat de Ravenne et à la Romagne , il y envoya des commissaires pour tenter le retour de ces pays à la couronne impériale , et ceci est une tache dans son histoire. Dès que le roi de Sicile eut renoncé au titre de vicaire de la Toscane, Rodolphe assaya de même de faire prêter le serment de fidélité aux villes de cette province. Pise et Miniato seules le prêtèrent ; les autres s'y refusèrent , sur l'instigation de Charles d'Anjou. Les Italiens étaient pénétrés d'admiration pour Rodolphe, quoiqu'ils méprisassent la constitution de l'empire , et l'historien Villani dit formellement : « Ce Rodolphe était un homme actif et courageux, entendu dans les affaires militaires, heureux dans les combats, craint des Allemands et des Italiens ; et, s'il avait voulu aller en Italie, il s'en serait, sans doute, rendu maître. Il envoya ses ambassadeurs, et entre autres l'archevêque de Trèves, qui fut à Florence, l'an 1280, pour annoncer son arrivée; ce qui mit les Florentins dans l'embarras, ne sachant ce qu'ils devaient faire; et, si Rodolphe y fût venu, ils l'auraient certainement écouté. Même le puissant roi Charles le redoutait beaucoup, et, pour être bien avec lui, il donna son petit fils Charles Martel à la fille de Rodolphe. »

Rodolphe fit un dernier effort en 1286, et envoya, avec l'agrément au pape Honorius IV, le comte Fiesco de Lavagna en Toscane en qualité de vicaire de ce pays, mais il ne réussit pas plus qu'auparavant. On prétend que ce motif engagea Rodolphe à renouveler de temps en temps la faveur d'être couronné des mains du pape; et, comme les princes ne paraissaient plus disposés à jamais accompagner un empereur en Italie, l'intention de Rodolphe, en renouvelant de temps en temps sa demande, fut de maintenir les droits que l'empereur prétendait avoir sur ces provinces. L'affaire du couronnement ne put s'arranger : Rodolphe avait trop de besogne en Allemagne, et les papes, qui se succédaient avec tant de rapidité sur la chaire de saint Pierre, ne s'en souciaient pas. Honorius IV paraissait très-bien disposé en faveur de Rodolphe; mais il chercha, avant tout, à lever les dîmes pour la croisade en Allemagne, et envoya, à cet effet, Jean, évêque de

Tusculum, dans les provinces germaniques Plusieurs évêques, à la tête desquels se trouvait Conrad, évêque de Tull, s'opposèrent vivement à cette levée de deniers. Les archevêques de Trèves et de Cologne parvinrent enfin à terminer ce différend en faisant accorder au pape la dîme pour six ans; mais Honorius mourut bientôt après, et on ne parla plus de dîmes. L'affaire du couronnement de Rodolphe fut encore reprise sous Nicolas IV, mais sans succès.

Dans les premières années de son règne, Rodolphe paraissait s'attacher plus particulièrement à réformer les abus qui s'étaient glissés dans les provinces méridionales de l'empire, parce que les seigneuries particulières y étaient plus nombreuses, le pouvoir par conséquent, plus fractionné, le mal plus grand; cependant il ne négligea pas les intérêts des provinces du Nord, surtout à la diète qu'il réunit, en 1289, à Erfurt, et qu'il prolongea jusqu'à l'année suivante, afin de mieux connaître l'état des choses pour y remédier.

L'électeur Henri de Mayence était parvenu à établir une trève à Thuringe; mais, comme tous les princes n'y avaient pas pris part, Rodolphe se fit un devoir, dès son arrivée dans le pays, de l'établir partout, et, pour prouver qu'il était décidé à la maintenir, il fit prendre, à Ilmenau, vingt-neuf gentilshommes qui furent convaincus d'avoir exercé dans différents Etats d'horribles brigandages. Il les condamna à mort et les fit exécuter, malgré les réclamations de leurs familles et de plusieurs puissants seigneurs qui s'étaient intéressés à leur sort, leur répondant à tous qu'un gentilhomme avait reçu l'épée pour protéger le faible et non pour l'opprimer, pour défendre la justice et non pour commettre l'injustice, et que ce qui était défendu au peuple devait l'être, à plus forte raison, à la noblesse.

La diète commença aux fêtes de Noël et fut très-nombreuse; la sévérité que l'empereur avait déployée fit une salutaire impression sur les tyranneaux obscurs, qui n'osèrent plus fronder le pouvoir impérial. Le roi de Bohême, gendre de Rodolphe, les électeurs de Mayence, du Palatinat, de Saxe, de Brandebourg, beaucoup d'évêques et d'abbés, les landgraves de Hesse et de Thuringe, les ducs de Bavière, de Carinthie, de Brunswick et de Lunébourg, les princes de Mecklembourg et d'Anhalt, les margraves de Misnie, et une foule de comtes et de seigneurs y assistèrent.

Rodolphe commença par recommander l'établissement de la trève dans les pays où elle n'avait pas encore été publiée, fit prêter serment aux princes de la maintenir. Il jugea ensuite une foule de causes, rétablit la paix et la concorde entre les comtes qui étaient divisés depuis long-temps, fit restituer aux uns des biens qui leur avaient été enlevés injustement, réprimanda les autres, et leur donna à tous des leçons utiles.

La diète fut terminée à la mi-carème. Rodolphe

fit ensuite attaquer et démolir jusqu'à soixante-six châteaux-forts en Thuringe, qui servaient de retraite aux brigands, voulant donner un avertissement à des gens qui étaient disposés à recommencer leurs spoliations après le départ du monarque.

A son retour dans les provinces rhénanes, il tint, en 1291, à Spire, une cour plénière, où il renouvela et prolongea pour six ans la trève, qui était en vigueur. Il avait convoqué une diète à Francfort dans l'intention de faire nommer son fils Albert pour lui succéder dans l'empire. Comme on n'avait jamais refusé cette faveur à aucun de ses prédécesseurs, quelque faibles que fussent leurs droits à y prétendre, Rodolphe comptaient sur un succès certain ; mais, sans s'y refuser tout-à-fait, les électeurs remirent l'affaire à un temps plus éloigné, sous prétexte de l'examiner plus mûrement. Le véritable motif de ce refus fut l'état de pénurie dans lequel se trouvaient les finances ; car les électeurs firent entre eux l'observation bien juste que l'empire pouvait à peine entretenir son maître, et que serait-ce, disaient-ils, s'il y en avait deux ? On croit aussi que ce refus devait être attribué à l'électeur de Mayence, Gérald d'Eppenstein, qui était indisposé contre Rodolphe, parce que ce prince avait fait d'abord proposer à cette place le grand prévôt du chapitre au lieu de Gérard ; mais le pape Honorius, pour terminer cette affaire, ne nomma aucun des deux prétendants, et éleva sur le siége archiépiscopal de Mayence l'évêque Henri de Bâle.

Quelques historiens prétendent que le principal motif de ce refus fut puisé dans le chapitre d'Innocent III, qui s'est élevé contre la succession au trône de père en fils, sous prétexte que la liberté d'élection serait anéantie, qu'on finirait par regarder l'empire comme un héritage, ce qui en exclurait une foule d'hommes qui ont droit d'aspirer au trône. Rodolphe n'insista pas et se soumit à la décision des électeurs, voulant aussi donner à ses sujets l'exemple de la soumission aux lois et aux usages reçus.

Le digne prince, après avoir été, pendant dixhuit ans, le père des bons, la terreur des méchants et la loi vivante pour tous, vit le terme de sa vie s'approcher avec le même calme qu'il avait montré à supporter le poids d'une couronne. Dans un voyage qu'il fit en Alsace, il sentit ses forces diminuer à un point qu'il ne put plus se faire illusion. Lorsque les médecins lui apprirent que sa fin était proche, il leur répondit avec sang froid : « Eh bien ! allons à Spire. » Il avait toujours exprimé le désir de mourir à Spire, le lieu de sépulture des anciens empereurs. Il se fit donc placer sur un cheval, et deux prêtres furent obligés de l'accompagner. Tout le peuple des deux rives du Rhin accourut pour voir encore une fois ce prince chéri et lui donner des marques d'amour et d'attachement. Rodolphe y fut bien sensible, et témoigna, par ses gestes, combien il savait apprécier cette reconnaissance de ses sujets. Arrivé à Germersheim, petite ville située à quelques lieues de Spire, il fut obligé de s'arrêter. Il reçut avec beaucoup de ferveur les derniers sacrements, et mourut bientôt après dans les bras de ses amis, le 13 juillet 1291, à l'âge de soixante-treize ans. Ses dernières paroles étaient un vœu pour le bonheur de l'empire.

LIMOGES. — IMPRIMERIE DE CHARLES BARBOU.

www.ingramcontent.com/pod-product-compliance
Lightning Source LLC
Chambersburg PA
CBHW060830250626

47162CB00005B/2018